ベリーズ文庫

お見合い求婚
～次期社長の抑えきれない占愛～

伊月ジュイ

JN167586

STARTS
スターツ出版株式会社

目次

お見合い求婚
～次期社長の抑えきれない独占愛～

規格外の派遣社員

あと一〇センチ……ううん、五センチなのに……。

私はスチールラックの一番上に積まれている段ボールを振り仰ぎながら、頭上にひらひらと手を伸ばした。

私の爪《つめ》の先が軽く触れる高さ。ちょっと背の高い女性や、平均身長くらいの男性であれば優に届いてしまうのだろうけれど。

仕方がない。どんなに嘆こうにも、私が身長一五五センチであることには変わりないのだから。

短く息をついて気持ちを切り替えると、こうなると予測して持ってきておいたパソコンチェアをお目当ての段ボールの下に置いた。

靴を脱いで足を乗せると、その瞬間にチェアがギッと軋《きし》む。

キャスターがついているため、踏み台にするには少々心もとない。落ちないように細心の注意を払いながら両足を乗せて、踏みしめた。

「よっ……こら……しょ……」

グラグラ揺れるチェアをならすため、ついオバサンくさいかけ声を漏らしてしまったが、私、立花澪《たちばなみお》はれっきとした二十七歳だ。

段ボールへと手を伸ばし、試しに持ち上げてみると、想像以上の重量。

「う、結構、重いかも……」

一瞬、男性社員にお願いしようかという考えもよぎったけれど、ギリギリ持てそうと判断した私は、自力で頑張ることにした――が、三秒後には後悔する。

「えいっ……と、と、きゃあ！」

段ボールを持ち上げる前に、足の踏ん張りに耐えきれずチェアのキャスターが滑ってしまったのだ。

私の身体を置き去りにして、チェアだけ横に移動してしまい、足が浮き上がる。

段ボールが落ちてこなかったのが不幸中の幸いだけれど、宙に投げ出された私の身体は、背中から地面に向けて真っ逆さま。

落ちる！と固く目をつぶり、衝撃に耐えようと身がまえた私だったが、何かに全身を包み込まれて痛みを免れた。

そして聞こえてきたのは、誰かの呻《うめ》き声。

「――っぅ‼」

……何が起きたの？

そおっと目を開けてみると、目の前にはちょっぴり焦《あせ》った表情の男性。

抱きかかえられている――ってことは、落ちてきた私を空中キャッチしてくれたのだろうか……？

「す、す、すみません‼」

申し訳なさすぎて、咄嗟《とっさ》に平謝りした。相当重かったに違いない。腕を痛めたりしていないだろうか？

けれど男性は、私の背中と太ももを力強く抱き直し、ホッとしたように笑みを浮かべた。

「ああ、危なかった……大丈夫だった？」

彼は、穂積柊一《ほづみしゅういち》さん。派遣社員だ。

先月頭から今月末までの二カ月間、営業の手伝いをしてもらっている。

そして、今、社内で注目度ナンバーワンの男性である。特に、女性からの。

ライトグレーのスーツが彼の柔和な雰囲気によく合っていて、キリリとした目鼻立ちはハーフと言われても頷《うなず》ける。が、本人いわく純日本人だそう。

顔を形作る各パーツが見本のように美しい。そんな顔を近づけられて、思わずドキりとしてしまったが、まず、謝ることが先だと、困惑する頭を奮い立たせた。

「大丈夫でしたか？　怪我、しませんでした？」

「お姫様抱っこくらいなら余裕なんだけれど。さすがに落ちてきた身体を受け止めるとなると厳しいね……」

そう苦笑して、私をそっと床へ下ろしてくれた。ふらついた私がちゃんと自力で立てるまで、腰に手を添えて支えてくれる。

「ありがとうございます」

「いえいえ」

かなり重かったはずなのに、そんなことを微塵《みじん》も感じさせない爽やかな笑顔。

顔がいいだけじゃない。愛想もよくて人懐っこい。彼は誰に対しても紳士的で、好印象の塊のような人だ。

「それにしても、無茶するね。力仕事なら男性社員に任せればいいのに」

「ですけど……これは総務の仕事なので……」

従業員数百人程度のこの会社に、総務職員は四名。ひとり目は頼み事をするのもはばかられる強面《こわもて》総務部長。ふたり目は還暦にほど近いベテラン女性社員。それから私と、最後のひとりは今年入社したばかりの女の子。

ということで、雑務は私の仕事である。

新人に頼んだらって？　でも、可愛い新人の女の子に肉体労働をお願いするのもかわいそう……、それに自分でやったほうが気楽なのだ。

「何も、総務じゃなくたっていいじゃないか。立花さんのお願いなら、誰だって喜んで聞いてくれるでしょ」

すると彼は、私がチェアの上に立って必死に動かそうとしていた段ボールを、その場で難なくラックから下ろし、床の上に置いた。

身長一八〇センチ超えの彼なら、足場なんてなくたって楽勝だ。

「背が高いって、いいですよね。うらやましいです」

「俺は小さくて可愛い立花さんのほうがうらやましいけどなあ」

さりげなく『可愛い』という単語を織り交ぜられ、危うく赤面してしまうところだった。

違う違う、可愛いのは私ではなく、一五五センチの身長だ。

「小さいと不便なことばかりですよ。その点、大きくて不便なんて、ないじゃないですか」

「そんなことないよ。市販の服は丈が短くて着られないし、日本家屋の入口には頭をぶつける。新幹線だと足が前の座席につっかかるし、電車で立つと外が見えない」

「え？　見えないんですか？」

「路線によっては、窓が目の高さより下にあるからね」

それは息が詰まりそうだ。背が高すぎるのも大変なんだなぁ、と納得。

「でも満員電車だと息はしやすそうですよね。押し潰された時に背が小さいと酸欠になってしまいますから……」

「ああ。それは確かに深刻だ。自分の周りに小柄な女性がいると、潰してしまわないか心配になるよ」

困り顔でふんわりと笑う。女性受けする癒し系の顔立ち。見ていると、ふにゃんと心がとろけそうになる。

「で、この荷物を総務部に持っていけばいいのかな？」

「ありがとうございます。あとは私が」

「立花さんって、結構強情だよね。頼ってくれって言ってるそばから」

そうしなやかに言い放ち、床に置いておいた段ボールを抱えて歩きだす彼。

資材置き場となっているこの通路は、総務部のオフィスから一番離れたところにある。人通りが少なく、通路の先は行き止まりで、脇には非常階段しかない。たまに、手前にある喫煙所に人が出入りするくらいだ。

穂積さんはおそらく、同じ通路上にある会議室を使った際に、私の姿が遠目に見えて、助けてくれたのだろう。

私は自席から運んできたパソコンチェアの背もたれを押しながら、彼の横について長い廊下を歩いた。会議室三つと、営業部と開発部のオフィスを通り越した先に総務部がある。

「立花さんと話をするの、久しぶりだね。今週は外出が多くて、ここと客先を行ったり来たりしていたから」

久しぶりって、うちに来てまだ一カ月半なのに。まるで何年もいるかのような言い方に笑ってしまった。

彼とはなんだかずっと一緒にいる気がする。顔を合わせる機会が多いからだろうか。

「全然久しぶりじゃありませんよ。穂積さん、毎日総務部に顔を出してくださるじゃありませんか」

総務部と営業部のオフィスは部屋が分かれている。

隣とはいえ、間にドアを挟むから行き来はそれなりに面倒であるはずなのに、穂積さんの場合は、たいした用がなくても総務部にやってきて、『おはようございます』

『客先に行ってきます』『お疲れさまでした』と、こまめに挨拶《あいさつ》をしてくれる。

ここまで気さくに話しかけてくれる人は、社員でも結構少ない。こういうさりげないアクションひとつで、その人に対する信頼度は大きく変わってくるから侮れない。

「挨拶と会話は違うよ。あれは話しているうちに入らない」

が、どうやら当の穂積さんは不服なご様子。

「立花さんともっとちゃんと、ゆっくり話してみたいんだけどな……今度、食事にでも行かない？」

「じゃあ、皆でランチにでも」

「それは嫌だな。皆がいると、立花さん遠慮して喋《しゃべ》らないから。ふたりきりでディナーがいい」

突然ふたりきりで、しかもディナーと言われて面くらってしまった。『皆でランチ』から比べるとかなりハードルが高い。

困惑していたら、「じゃあ、こうしよう」と彼が妥協案を提示してきた。

「今日助けたお礼に、夕食をご馳走《ちそう》させて」

「『ご馳走させて』？『ご馳走して』じゃなくてですか？」

「気になるフレンチのお店があるんだけれど、一緒に行く人がいなくて困ってたんだ。

人助けだと思って付き合ってよ」

パチパチと目を瞬かせる私を楽しそうに眺めながら、彼はニッコリと微笑む。

社交的で女性からも大人気な彼が、一緒に行く人がいなくて困るなんてことあるのだろうか。

「そうだな……来週の金曜日、空けといてくれる？」

「え……いや、でも、私……」

すぐに『はい』と言えなかったのは、普段から男性とふたりで食事をすることに慣れておらず、怖気づいてしまったからだ。

しかもフレンチ、ご馳走までしてくれるという。相手が私で本当にいいの？

とはいえ、デートをしようと言われたわけではないし、肩肘《かたひじ》張らずに普通にご飯を食べるだけなら……。

ぐるぐると考え込んでいるうちに、彼はさっさと別の話題に切り替えて、私が反論する隙を封じてしまった。

「そうだ。このあと営業で出かけるから、例のジェラート屋さんに寄ろうと思って」

「……ええと……あ、この前、見つけたって言っていた、有名なジェラートショップですか？」

「そうそう。お土産に買ってくるから、皆で食べて」

「え⁉　本当ですか⁉　嬉《うれ》しいです！」

マメな彼は、営業ついでに近くの人気スイーツ店に足を運んでは、お土産を買ってきてくれる。それも、女性社員全員くらいには行き渡る量を、どさっと。

おかげで女性社員たちは、彼の外見に虜なうえ、胃袋までつかまれてしまっている。

私に至っては、餌《え》づけされたと言っても過言ではない……。

「そのお店、上村《うえむら》さんと一緒にネットで検索してみたんです。すごく美味《おい》しそうで」

「中でもシナモンアップルがすごーく美味しい」

「もう食べたんですか？」

「もちろん。寄り道は営業の特権だろう」

そんなことを言って彼は胸を張るけれど、平日の真っ昼間に、スーツ姿の男性がひとりでジェラートを食べるって……。

「ひとりで食べるのは……結構勇気がいりませんでしたか？」

「大体女の子に話しかけられるから、最終的にはひとりじゃなくなる」

「……それ、ナンパって言うんじゃ──」

「連絡先は聞かないよ。だからナンパじゃない」

ニッコリと笑って全力否定。確かに、ナンパではない、正確には逆ナンだ。

彼の女性関係についても、謎めいている。

こんなにカッコいいのだから、彼女のひとりやふたり、いそうなものだが、本人が言うには、ここ数年彼女がいないらしい。

その噂《うわさ》はすでに社内中に広がっており、それを聞いた女性社員は、信じている人が半分、信じたい人が半分。

そんなやり取りを交わしている間に、総務部へ到着した。

辿《たど》り着いた途端、穂積さんの姿を目にした新人の上村さんが、わっと瞳を輝かせた。

「穂積さん、帰社されてたんですね。お疲れさまです！」

「お疲れさま。歓迎してもらってせっかくだけど、これからまた外出なんだ。あとでお土産買ってくるね」

「わぁ！　嬉しいです！」

キラキラと笑うピュアフレッシュな新人を、私も穂積さんもほっこりと見つめる。

そして、やっぱり、こんな女の子相手に段ボールを持ってこいだなんて命令できないよね、と再確認して、次も自分で持ってこようと心の中で決意する。

すると、段ボールを総務部の脇に置いた穂積さんが、私の肩に手をかけた。

「次から、体力仕事は俺に言うこと。いい？」

耳の近くでそっと囁《ささや》かれ、え、今の心の声、聞こえてたの？と慌てる。

「は、はい……」

視線に耐えきれず目を逸《そ》らすと、彼は念を押すように私の頭をポンとひと撫《な》でして、行ってしまった。

一部始終を目にしていた上村さんが、胸の前に手を当てて、わあっとまくし立てる。

「今、なでなでしてもらってましたね！　やっぱり穂積さんって、立花さんのことが好きなんじゃないんですか⁉」

また始まってしまった……。上村さんはどうも恋とか愛とかその手の話題が好きらしく、私と穂積さんをくっつけたがるのだ。

「そういうんじゃないよ。きっと誰に対してもあんな感じなんだと思う」

なんとか上村さんをクールダウンさせようと、冷めたことを言ってみる。

「でも、穂積さんが毎日、用もないのにわざわざ総務に顔を出すのって、立花さんに会いたいからじゃないですかね？」

「単にきちんとしているだけだよ。ほら、総務って営業によく電話回したりするじゃない？　外出中かどうか、把握していたほうが便利だし」

大体、彼みたいなモテモテの男性が、平凡な私を好きになるとか、まずないと思う。上村さんに会いに来ているっていうほうが、まだ自然なんじゃないかな。若くて可愛いし。

確かによく話しかけられるけど、きっと年齢が近いから話しやすいのだろう。

「本当にそれだけかなぁ……？」

上村さんは腑《ふ》に落ちない様子で首を捻《ひね》る。でも、しばらくすると、気を取り直してうっとりと呟《つぶや》いた。

「それにしても、穂積さん、本っ当にカッコいいですよね～……」

賛同したらミーハーな先輩だと思われてしまいそうで、私は「うう～ん……」と呻いて小首を傾《かし》げる。

「……背が高くて、うらやましいなぁとは思ったよ」

「スタイル、抜群ですもんねー。モデルみたい。そのうえ、あの仕事っぷり」

「そうだねぇ」

実は、彼、外見だけではなく仕事もよくデキる。派遣されて早々、山ほど契約を取りつけてきて、軽く伝説になった男である。

なぜ、そんなによくよくデキる男が派遣社員に甘んじているのかも謎だ。

彼の過去に関しては諸説あるものの、内容はいずれも疑わしいものばかり。

「穂積さん、アメリカの一流大学を卒業して博士号を取得したらしいですよ」

「私は、仕事でヨーロッパ中を飛び回ってたって聞いた」

「アラブの石油王の右腕だったたって話も聞きました」

なんでもありで、噂話に尾ひれはひれどころか、背びれも胸びれもくっついている状態だ。

「本当、王子様みたいな人ですよねー」

「……確かに、ミステリアスではあるよね」

そんなによくデキる人が、なぜこの弱小企業に派遣されてきたのか。まずそこが最大の謎だなぁと私は思っている。

とはいえ、契約期間は二カ月だ。あと半月足らずでこの会社を去ってしまう。

こんなに優秀な人材をみすみす逃す手はないと、営業部は正社員へのお誘いや契約延長申請を出したらしいのだが、どれも断られてしまったそうだ。

そりゃあ、あれだけ仕事がデキるなら、引く手あまただし、正社員として就職するなら、もっと規模が大きくてお給料のいい会社に就職したほうがいいはず。

……まぁ、大きくてお給料がいいからって、いい会社とも限らないけれど。

私にとっては、このパッとはしないけれど堅実に業績を上げている中小企業『新海《しんかい》エレクトロニクス株式会社』はベストな就職先だったと思っている。

この会社に中途入社したのは二年前、二十五歳の時。

それ以前は、誰もが名を知る大手企業に勤めていたが、事情があって二年で退社を余儀なくされてしまった。

大企業は、福利厚生がいいとか、女性に手厚いとか、いろいろいわれるけれど、結局はその企業次第。そして個人の主観次第だ。私にとって、大企業は軽いトラウマだ。

私には、ここが一番。

きっと彼にも、ここに来た理由が何かしらあるのだろう。もし、本当にふたりでご飯に行く機会があったら、聞いてみようかな。

あれ、そういえば、ディナーの話、結局どうなったんだっけ。

ジェラートの話でかき消されて、行くと答えたのか答えていないのかすら思い出せなくなってしまった。

自然消滅ってことかな？

それはそれで気が楽だなあと思いつつも、ちょっぴり寂しい気もするのだった。

午後四時。約束通り、客先から帰社した穂積さんはジェラート二十個を届けに総務部へやってきた。

「これ、適当に配って食べてくれる？」

「はい！　今回もたくさんお土産、ありがとうございます！」

頼まれた上村さんの頬は赤く、嬉しそうだ。本人いわく、穂積さんに話しかけられるだけでドキドキしてしまうのだそう。

まだ若いこともあり、そんな初々しさが嫌味なく、とても可愛い。

かくいう私も、食べ物のことになると喜びが隠しきれなくなり……。

「ありがとうございます」

満面の笑みでお礼を伝えると、彼はちょっぴり苦笑しながら「立花さんは食べ物のことになると、本当にいい顔するよね」とひと言。

思わず赤面してしまった。ごめんなさい、単純で……。

ジェラートの入った袋を受け取った上村さんは、中を覗《のぞ》き込みながら、「これだけあれば女性社員全員食べられそうですね」と声を躍らせる。

従業員数は百人近くいるこの会社だが、実際に本社で働いているのはその三分の二。残りは客先に常駐しているし、そもそも女性の割合が低いため、二十個で充分こと足りる。

「穂積さんは食べなくていいんですか?」

「俺は現地で食べてきたから大丈夫。皆で分けて。立花さんがすごぉく食べたそうにしてたから、余ったら彼女にあげて」

「そ、そんな顔してませんってば!」

私の反論は聞かないフリで、穂積さんはひらひらと手を振り総務部を出ていく。

上村さんはさっそく周りにジェラートを配り始めた。

「立花さんは総務権限で一番最初に選んでいいですよ! 何味にします?」

私の前にビニール袋を広げて、バニラ、コーヒー、チョコミント、ほうじ茶――とフレーバーを読み上げる。

「じゃあ……シナモンアップル」

だって、さっき廊下で彼が『すごーく美味しい』なんて言ってたから。

「立花さん、シナモン好きなんですね。私ちょっと苦手で」

「んー……好きってわけでもないんだけど、ちょっと気になったから」

カップとプラスチックスプーンを受け取り、褐色のジェラートをさっそく口に運ぶ。

りんごの甘酸っぱさが口いっぱいに広がり、濃厚なシナモンの香りが鼻に抜けた。

本当だ。彼の言った通り、すごく美味しい。これはクセになるかも。

今度会った時に、美味しかったですよって伝えよう。

彼と味覚を共有できたことに、じわじわと喜びが込み上げてきて、妙に意識してしまうのだった。


午後八時。家に帰ると、けたたましい赤ちゃんの泣き声が響いていた。

姉に男の子が生まれて、四カ月になる。笑っている時の赤ちゃんは天使のように可愛いけれど、泣きやまない時は悪魔の生まれ変わりじゃないかと思うくらい手がつけられない。

「ああ……ダメ、幸次《ゆきじ》さん、代わって」

「ほーら、いい子でちゅね〜、おねんねしましょうか〜」

姉はどうやら産後鬱《うつ》のようで、最近ひどくまいっている。第一子であることのプレッシャーと、睡眠が小刻みにしか取れないこともあって、精神、体調ともに不安定みたいだ。

我が家に婿としてきてくれた幸次さんは、そんな姉を献身的にサポートしてくれて、心優しい旦那《だんな》さんが見つかってよかったねと、妹ながらにしみじみ思う。

とはいえ、姉夫婦がうちにやってきて半年。すっかり私の肩身は狭くなり――。

「澪はまだかしらねぇ……」

母はこんなことをポロポロこぼすようになった。

「澪、いい人はいないのかい？　お父さんが知り合いに頼んで、お見合いを用意してあげようか？」

父は私が恋愛結婚なんてできないと思っているらしく、しきりにお見合いを勧めてくる。

「そんなにプレッシャーかけなくても。今時、二十代で結婚なんて珍しいくらいだよ。もっとのんびりかまえててくれない？」

一応反論はしてみるけれど、多分両親の耳には届いていない。

「言っておくけど、陸《りく》くんが小学生になったら、あんたの部屋を子ども部屋にするからね。それまでに嫁入り先、探しといてよ」

母が冷ややかに言い放つ。もうすでに私は邪魔者扱いだ。

とはいえ、姉夫婦が実家を継いでくれるということは、私が嫁に行っても、自立してひとり暮らしをしたとしても、両親がひとりぼっちになることはないということ。

それはそれで安心だ。

結婚は置いといて、まずひとり暮らしを始めるというのもいいかもしれない。

ぼんやりとそんなことを考えて、追い出された時のために心がまえをしておく。

視界の端に、泣きやまない陸くんを相手にテンパっている幸次さんが見えて苦笑した。ちょっぴり不器用な幸次さん。まぁ、優しいからいいと思う。

「幸次さん、抱っこ、代わろうか？」

選手交代を名乗り出ると、幸次さんは人のよさそうな笑顔を浮かべた。

「いや、大丈夫だよ、澪ちゃん。仕事が終わったばかりで、疲れてるだろ」

「大丈夫、陸くんに癒してもらうから」

「じゃあ、少しだけお願いしようかな」

私が抱き上げると、陸くんはぴたりと泣きやみ、キョトンと目を丸くする。

「すごいよ澪ちゃん。一瞬で泣きやむなんて」

「ええと……陸くん、びっくりしてるだけなんじゃないかな」

訝《いぶか》しげに覗き込むと――あ、笑った！

きゃきゃっというあどけない声が部屋中に響き渡って、姉も、幸次さんも、両親も、皆笑顔になる。

「上手だね、澪ちゃん！」

「あんた、いい母親になるかもね」

姉と幸次さんが口々に褒めてくれる一方で。

「母親の前に、まず早く結婚してほしいけれどな」

こんな場面でも、父親の嫌味がちくり。

私は聞かなかったフリで、陸くんをゆらゆら抱っこする。

しばらく家の中を歩き回っていると、すやすやと寝息をたて始めた。どうやら眠たくてぐずっていただけみたいだ。

仕方ない、この可愛い陸くんのために、叔母ちゃんがひと肌脱いで、子ども部屋を譲ってやるか。

それまでに結婚相手が見つかるといいなぁなんて、ぼんやりと考えるけれど、今でも全く男の影がないんだから、当分は無理かもしれない。

すでに諦め半分で、独立する算段を立てるのだった。

キスひとつで陥落

　翌週の金曜日。梅雨の真っ只中である今日、空はいつ雨が降りだしてもおかしくないほどの厚い雲に覆われていた。

　天気予報によると、降りだすのは夜半過ぎだそうだ。夕方四時現在、まだ降っていないけれど、この先は折り畳み傘がないと危険だろう。

「立花さん、悪いんだけれど、例の書類ができたから届けてもらってもいいかな？」

　そう依頼してきたのは、開発部の部長だ。

　総務の仕事は、いってしまえばなんでも屋。お使いや配達も頼まれれば快く引き受ける。私としては、どちらかというと、デスクワークよりそちらのほうが気楽だったりする。気分転換にもなるし。

「これをリノテクス社さんに届けるんですね」

「十七時にうちの鹿山《かやま》をビルの入口へ向かわせるから。渡してやって」

「わかりました」

　余裕をもって片道四十五分ってところだろうか。これから出ればちょうどいい頃合いに着く。

私はパソコンをシャットダウンし、出かける準備を始めた。

「ごめ～ん、ついでにこれもお願いできるかな？」

慌てて私のデスクに駆け寄ってきたのは、営業部の中野《なかの》さんだ。

「この書類を渡してきてほしいんだけど……」

「ついでって……このクライアント、これから行くところと逆方向ですよ」

面倒というわけではないのだけれど、移動に時間がかかってしまいそうだ。

クライアントの終業時刻を過ぎてしまうかもしれないが大丈夫だろうか？

「何時までに持っていけば間に合いますか？」

「特に時間の指定はなくて、帰りがけに寄ってくれればいいって言ってたよ。着いたら、ここに電話してって」

そう言って手渡されたのは、電話番号が走り書きされているメモ紙だった。

「これ、どなたの番号ですか？」

「穂積くんの仕事携帯。彼、この書類持っていくの忘れちゃったんだって」

「穂積さん……」

彼の名前を聞いて、反射的にぴくりと肩を震わせる。

『来週の金曜日、空けといてくれる？』

そう言われたあと、なんの約束もしないまま、今日になっちゃったわけだけど……。

あんな曖昧な約束、きっと穂積さんは忘れちゃっただろうなぁ。

なんとなく気になって、律儀に予定を空けてしまった自分が気恥ずかしい。

「……わかりました。お預かりしますね」

「ごめんねー、帰るの遅くなっちゃうよね」

「大丈夫ですよ。そこまで遅くはなりませんし」

私はA4サイズのトートバッグに、書類の入った封筒と折り畳み傘を詰め込んで、会社を出た。

無人のエレベーターに乗り込んで階数ボタンを押したあと、扉が閉じたのを見計らって、奥の鏡で服装の乱れを確認する。

白いノースリーブブラウスの上に、淡いミントブルーの五分丈カーディガン。ネイビーのフレアスカート。靴はベージュで、上品なリボンがついている。

ヒールがいつもより少し高めのものを選んだのは、そのほうが脚が綺麗《きれい》に見えるかなぁなんて、ささやかな乙女心だ。

パンツスタイルとローヒールで出社する日も多い中、今日に限ってどうしてこんな格好をしてきたのかといったら——。

……私、浮かれてたのかな。恥ずかしい。

緩くウエーブのかかった焦《こ》げ茶色の髪をくしゃくしゃと雑に撫でながら、苦虫を噛《か》み潰したような自分の顔と鏡越しに対面する。

ううーん、見るからに平均点。どこを取っても特徴がない。

こんな私を、彼が相手にしてくれるはずがないのに……。

複雑な気分でバッグの外ポケットに入っている電話番号のメモに触れる。

もし穂積さんが約束のことを忘れているようだったら、私も忘れたフリをしてさっさと帰ろう。

エレベーターが一階に到着し、鏡に映る情けない自分とお別れしてオフィスビルを出た。

空は今にも雨が降りだしそうで、もう夜かと勘違いするくらいに薄暗い。

数日前は気温が三十度に達し、真夏日だと騒いでいたのに、今日は雨のせいか風がひんやりとしていて、外出にはちょうどいい。

まず四十五分かけて一件目のクライアントへ。無事書類を手渡したあと、逆方面へ戻るようなかたちで次の目的地に向けて電車に乗った。

到着する頃には、すでに夕方六時近くになっていて、金曜日のこの時間、駅は帰宅の人の群れで溢《あふ》れかえっていた。大通りを歩けば、これから飲みに行くのだろうか、陽気な大学生やサラリーマンたちが固まって歩いている。

人混みをすり抜けて、指定されたオフィスビルに辿り着くと、メモにあった番号に電話をかけた。彼の応答を待つ間、じわじわと緊張が高まり、呼び出し音が途切れた瞬間、思わずメモを握りしめた。

「お疲れさまです、立花です。頼まれた書類を持ってきたのですが……」

すると、受話口から響いてくる穏やかな声。

『わざわざありがとう。すぐに向かうから、エントランスの待ち合わせスペースで待っててもらえる？』

彼の指示に従ってビルの正面玄関に足を踏み入れると、奥にはエレベーターが六基、その手前に受付カウンター、そして左端には簡単な打ち合わせにも使えるようなテーブルとチェアが数組置かれていた。

ここで待っていてほしいってことかな？

チェアに腰掛けて、行き交う人の波をぼんやりと眺め、時たまエレベーターが開いたのを目にしては、穂積さんが乗っていないかな？なんて探してみる。

少し冷房が効きすぎだ。腕をさすっていると、ほどなくして穂積さんが小走りで駆け寄ってきた。

慌てて立ち上がり、バッグの中から書類の入った封筒を取り出す。

「わざわざこんなところまで持ってきてもらって、ごめん」

穂積さんは、わずかに乱れた前髪をかき上げて笑う。

息を切らす姿すらセクシーで様になっており、なんだか妙に緊張してしまった。

「いえ、大丈夫です。書類をどうぞ」

封筒を手渡すと、彼は中を確認して安堵《あんど》の表情を浮かべ、「ありがとう。すごく助かった」と清々しい顔で笑ってくれた。

「それにしても忘れ物だなんて。よっぽど焦っていたんですか？」

そう冗談交じりにからかうと、彼は甘えるように首を傾げる。

「ごめんね。立花さんに怒られたくなっちゃったんだ」

え？と私が目を瞬かせると、彼は悪戯《いたずら》っぽい顔をして、スーツの内ポケットから一枚のカードを取り出した。

コーヒーショップ専用のプリペイドカード——それを手渡しながら、私の耳元でそっと囁く。

「出てすぐのところにあるカフェ。ハニーラテがすごく美味しい。それを飲んで、二十分だけ待っていて。仕事を片付けてすぐ迎えに行くから」

彼は唇《くちびる》に人差し指を当てて、ニッと不敵に微笑んだ。

「えっ……あの……」

「約束。覚えてる？」

甘い声で囁かれ、ドキンと胸が鳴る。

約束って、もしかして……。

なんと答えたらいいか、パクパクとする私を楽しそうに一瞥《いちべつ》して、彼は再び小走りでエレベーターのほうへ戻っていった。

その姿が見えなくなった途端に力が抜けて、背後のチェアにペタンと座り込む。

約束、覚えててくれたんだ……。

ふと視線を外に移せば、確かにビルの正面にはカフェがあって、美味しそうなラテの広告が掲げられている。

手元にはコーヒーの絵が描かれたカード――それを見つめながら、唇を噛みしめる。

……ハニーラテ、飲んでみたいしな。

これが、素直に『行きます』とお返事をしなかった私を、強引に誘い出すための口実ならば、かなりの用意周到さだ。

渋々私は立ち上がり、カフェへと向かった。

本当は、覚えていてくれて嬉しかったのだけれど、このためにわざわざおめかししてきただなんてバレたら恥ずかしいから。

カードをきゅっと握りしめて、忘れていたフリをさせてもらおうと心に決めた。

カフェの一階、奥まったふたりがけの席で待っていると、彼は宣言通りの二十分でやってきた。

「待たせてごめん。ラテはどうだった?」

「美味しかったですよ。ホイップまでトッピングさせてもらっちゃいました」

借りていたカードを返すと、彼はそれをスーツの内ポケットへしまいながら、私の手元のドリンクに目線を移してクスクスと笑った。

「しかもLサイズか。これからご馳走なのに、そんなに飲んだら後悔するよ?」

しまった、フレンチ! すでにいっぱいになり始めているお腹をさすって私は蒼白《そうはく》になる。

「そ、それを先に言ってください!」

「まぁ、甘いものは別腹って言うし問題ないでしょ。行くよ？」

そう言って正面の椅子に置いていた私のバッグを抱えて勝手に歩きだしてしまった。

「あ、ちょっと待ってください！」

残った最後のひと口もしっかりと飲み干して、私は彼のあとを追いかける。

カフェを出たところで待っていた彼から自分のバッグを受け取ると、返事も聞かず強制連行しようとした彼に、むぅっと頬を膨らませた。

「もう！　穂積さんってば強引なんだから！　私が行かないって言ったら、どうするつもりなんですか？」

「行くでしょ？」

「い、行かないかもしれないじゃないですか！」

「でも、待っててくれたし」

「だって、それは、ラテが飲みたかったから……」

「なら、俺の作戦は成功だ」

勝ち誇った笑みを浮かべる彼が、ちょっと憎らしい。

確かに、ラテに惹《ひ》かれてしまった時点で私の負けは濃厚なのだけれど。

「もしかして、忘れ物をしたのもわざとですか？」

「さぁ。どうだろうね」

「……もし私じゃなく、上村さんが届けに来たら、彼女と食事に行くつもりだったんですか？」

じいっと上目遣いで覗き込めば、彼はぴたりと足を止め、ひょうっと眉を上げる。

「……嫉妬《しっと》？」

「ち、違――」

「絶対、立花さんが来ると思ってたよ。上村さんは今日中に終わらせなきゃならない給与関連の書類作ってたから外出できないはずだし。何より……」

再び私の手からバッグを受け取り自分の肩にかけると、彼はさっさと歩きだした。

「電話番号、立花さんに渡してくれって、あらかじめ営業の中野さんに指名しておいたから」

それ、完全に確信犯じゃない！　呆《あき》れて開いた口が塞がらない。

大体、そんなことをお願いしたら、中野さんが変に誤解してしまいそうだ。

「大丈夫ですか？　中野さんに勘違いされてしまったんじゃ……」

「大丈夫。ビール一杯で手を打ったから」

「なんですかそれ!?　なんの手を打ったんですか!?」

私はいっそう慌てて彼のあとを追いかける。

連れていかれたのは、駅から少し離れたところにある高層ビル。

一階と二階は服飾雑貨のテナント、その上は企業のオフィス、上層階は飲食店で、階が上がるほどにお値段も跳ね上がっていく。

穂積さんはよりにもよって一番上にある、超高級フレンチレストランへと足を踏み入れた。

「こ、こんなすごいところで食べるんですか」

ご馳走すると言われたものの、一応割り勘にするつもりだった私は、お財布の中身が若干不安になってきた。そんな私の胸の内を見透かすように、彼は目元を緩める。

「たまには贅沢《ぜいたく》もいいだろう？　俺の奢《おご》りだから好きなだけ食べていいよ」

「はあ……」

夜景が綺麗な個室に案内され、ウエイターに椅子を引いてもらう。

席に着くと、オーダーはあらかじめ彼が済《す》ませていたようで、コース料理の説明から始まった。

慣れない雰囲気にギクシャクしている私とは反対に、悠然と座る品のいい彼。

なんだかすごくしっくりくるのは、顔とスタイルがいいせいだろうか？　美形は夜景がよく似合う。

それとも……本当に慣れてる？

「穂積さんって、こういうお店によく来るんですか？」

「たまに。口説きたい女の子がいる時にだけ来るよ」

「そうですか～……」

物珍しそうにあたりをキョロキョロ見回す私だったが、数秒遅れて言葉の意味に気づきハッとした。

ん？ってことは、私は口説きたい女の子だってこと……？

ぴくんと反応した私を見て、彼は意地悪な顔でクスクス笑う。

「その想像で、合ってるよ」

「な、なんのことですかっ！」

心の中を覗かれた気がして、思わず赤面してしまった。

いやいや、まさか。彼が私を口説こうとするはずがないじゃないか。

だって、言ってたもの。一緒に行く人がいないから、人助けだと思って付き合ってって。今日の私はただの同伴者だ。

ごまかすように食前酒のシャンパンをぐいっと飲む。

「つれないなー。俺、結構本気なのに」

「からかってますよね……」

「からかってないよ。それこそ、ジェラート屋さんでたまたま仲良くなったような女の子ならともかく、仕事場の女性相手に、気まぐれに遊ぼうなんて大それたこと考えないし」

彼は怪しげに目を光らせて、私を見つめている。眼差しが痛い。

どうせなら、目の前に置かれたコース料理を見つめればいいのに。

ほら、このアミューズ、モッツァレラチーズとハーブの上にトマトのシャーベットソースがかかっていて、ものすごく美味しそうでしょ？

「わ、わー、美味しそうですね！」

取り繕うように感嘆の声をあげると。

「うん。立花さんもとっても美味しそうだけど」

思わず取り落としたナイフがお皿に当たって、カシャーンという音を響かせる。

私が美味しそうって、どういう意味……？　それ、人間に対する形容詞じゃない。

せっかくの高級フレンチなのに、彼の視線が気になって集中できない。

「……もっと可愛い子とか若い子とか、いっぱいいるのに、どうして私をからかおうとするんですか」

「だから、本気だって言ってるのに」

彼はシャンパングラスを持つ手を止めて、苦笑する。

「立花さんにひと目惚れしちゃったって言ったら、信じてくれる？」

「ひ、ひと――っ」

引きつった表情で顔を左右に振る私を見て、彼はニッコリと目を細めた。

「仕方ないな。……じゃあ、口説くのは食事が終わってからにするよ」

目をパチパチと瞬かせる私へ、彼は形のいい唇を跳ねさせて不敵に笑う。

「食べないの？」

「……た、食べます！」

開き直ってアミューズをひと口頰張る。さっぱりしたトマトと濃厚なチーズがシャンパンと好相性。美味しさに頰を押さえると、彼は嬉しそうに目元を緩めた。

「気に入ってくれた？　足りなかったらおかわりしていいよ」

「そんなにガツガツ食べません！　どうして私、大食いキャラになってるんですか？」

「会社の人に、立花さんは食べっぷりがいいって聞いて」

「……私、陰でそんなこと言われてるんですか……？」

確かに、ランチや飲み会では、男性社員の目を気にして遠慮がちな女性社員の横で、黙々と食べ続けていたりするけれど……。

ショックを受けつつも、開き直って大口で頬張ると、「ああー、それそれ。可愛いね」と逆に喜ばれてしまった。

「うう……ホイップ増し増しのLサイズハニーラテなんて飲まなきゃよかった」

「いっぱい食べる女の子は好きだよ」

屈託のない笑みを浮かべられて、返答に困る。

アミューズのお皿が下げられると、今度は色鮮やかな野菜が敷きつめられたテリーヌが運ばれてきた。

早くもシャンパンのグラスを空けてしまった私たちは、白ワインをオーダーする。

最初は彼に抵抗を示していた私だったけれど、ワインが二杯目に差しかかったあたりから警戒心が薄れ始め、気がつけば普通に食事を楽しんでいた。

「俺の差し入れ、余ったら全部立花さんが食べるって本当？」

「ぜ、全部じゃありませんよ⁉　ほかに欲しいって方がいたら、ちゃんとあげますし。でも、皆、遠慮するから……」

「結局、立花さんのお腹に入る、と」

「ちゃんと上村さんと半分こしてますよ！」

「次からは、買う量を増やすことにするよ」

「私そんなに大食いじゃありませんってば！」

レストランでは、終始からかわれていた。でも、トークが途切れることはなく、気まずい沈黙もない。彼は聞き上手の振り上手、決してこちらを飽きさせない。

彼と過ごす時間は正直言ってすごく楽しかった。


思いのほか盛り上がった私たちは、フレンチレストランと同じ階にあるバーへ移動して飲み直した。

お酒に強い穂積さんは、ディナーのシャンパン、白ワインに続き、カクテルやブランデー、ウイスキーもオーダー。酔いが回った様子もなく、淡々と飲み進めている。

彼のペースに巻き込まれないように、私は甘口のカクテルをアルコール度数ちょっぴり低めで作ってもらい、ちびちびと味わった。

カウンターで横並びに座っていると、彼との距離が近くてドキドキする。そんな私の心中を知ってか知らでか、彼は隙あらば甘い言葉で攻めてきて——。

「酔っ払って歩けなくなっても大丈夫だよ。連れ帰ってあげるから。俺の家に」

「酔いすぎないようにセーブしているので、ご心配なく」

彼のペースに引き込まれないよう、冷ややかな目で牽制《けんせい》する。

「穂積さんって口説き上戸だったんですね」

「だから本気だって言ってるのに。毎日毎日、たいした用もないのにわざわざ総務部へ遊びに行くのは、なんのためだと思ってる？」

「業務が円滑に回るように――」

「立花さんの顔が見たいからに決まってるじゃないか」

とろけるような笑みを浮かべられ、思わずバッと顔を背けた。そういえば上村さんもそんなようなことを疑っていたっけ……。

思い出した途端、急に恥ずかしくなってきて、ごまかすようにライチリキュールのカクテルをひと口飲む。

こんなにカッコよくて仕事も完璧な彼が、私を口説こうとしているだなんて、にわかに信じがたい。

彼は肘をついて「そんなに不思議かなぁ？」と不満げに漏らした。

「人を好きになるきっかけなんて、何げないことだと思うけど。毎日笑顔で元気だとか、困っている時に声をかけてくれたとか。日常のささやかなことこそ大事だろう？」

確かに、私たち総務は、会社の窓口という側面もある。だから、なるべく笑顔を心がけているし、困っている人がいたらとりあえず声をかけてみる。

とはいえ、どれも当たり前のことすぎて、いまいちピンとこない。

「それから、真面目で正義感が強いとか、反論しづらい相手にも怯《ひる》まず立ち向かっていける……とかね」

ふんわりと微笑まれて、思わず「え？」と肩を震わせる。

反論しづらい相手――確かに、領収書とか勤務表とか、提出物の期限をしょっちゅう破る人には、しっかりと文句を言わせてもらうけれど。

でも、そんな現場を穂積さんに見られたことなんてあったかなぁ？　どうしてそんなことまで知っているのだろう？

カクテルグラスに唇をつけながら、じっと彼の様子をうかがう。

彼はウイスキーの中に入っている真ん丸の氷をカラカラ揺らしながら、落ち着いた口調で言った。

「毎日ドラマティックなハプニングなんて起きないし、大半は家と職場の往復だ。そんな中で、いつも笑顔で『おはようございます』って言ってくれる人がいたら、好きになるのも当然じゃない？」

そう同意を求めて、彼がこちらに振り向く。その瞬間、浮かんでいた優しい表情に思わずうっとりとしてしまう。

綺麗な瞳。わずかに紅潮した頬は、さすがに酔いが回ってきた？

そんな色っぽい顔で恋を語るなんて反則だ。

「……それにね。どんなにささやかでも、そういう一瞬って、雷に打たれたみたいに強く目に映るものだよ」

囁く彼の魅惑的な笑顔が瞳に焼きつく。

もしかして、今この瞬間こそ、彼の言う『雷に打たれた』状態なのだろうか。

ぼうっとして、うまく考えがまとまらない。ただ彼の言葉と甘い表情だけが私の頭を占拠していく。穂積さんにも、こんな瞬間があったのだろうか？

「それに俺は、立花さんが思っているよりずっと前から、よく見ていたから。立花さんのことを、ね」

ずっと前？　二カ月前からってことだろうか。『ずっと』というには大袈裟《おおげさ》すぎる気がするけれど。

キョトンと目を丸くすると、彼は唇に人差し指を当て「詳しくはまだ内緒」とごまかした。

「さて、これで立花さんを口説く理由にはなった？」

「そ、その……わかりましたから、もうあんまり言わないで……」

どんどん恥ずかしくなってきて、顔を真っ赤にしてうつむくと、「あともうひと押しって感じかな？」と彼は楽しそうに呟いた。

確かに、このままもうひと押しされてしまったら、彼の望む通り恋に落ちてしまいそうだ。


すっかり遅くなってしまった帰り道。外はひと雨あったらしく、地面は濡れ、ひんやりとした風が吹いていた。

酔い覚ましにひと駅歩こうと言われ、ひとけのなくなった静かなオフィス街を彼と一緒にのんびり歩く。

彼と過ごした時間は思いのほか楽しくて、このままお別れしてしまうのがちょっぴり寂しい。

次はいつ、こうしてふたりでゆっくり話すことができるのかな？

もうすぐ派遣契約も終わり。話すどころか、顔を合わせることすら難しくなってしまう。『おはようございます』とか、『お疲れさまです』とか、そんな他愛のない挨拶を交わすこともできなくなるんだ。

そのひと言がどれだけ大切か、今さら気づくなんて。これが彼の言う『日常のささやかなことこそ大事』ってこと？

隣を歩く彼を見上げて、声をかけようとするけれど、何を言ったらいいのか迷ってしまう。

「……もうすぐ契約が終わってしまいますね。穂積さんがいなくなったら……み、皆寂しがるだろうなぁ……」

そこは『皆』じゃなくて『私』でしょ！と心の中でツッコミを入れてうなだれる。どうして素直に言えないんだろう。いつかまた、こうして、ふたりでゆっくりお話ししたいですって。

とはいえ、斜め上には完全無欠の美貌。仕方がないよ、こんな人に、もう一度一緒にお食事しましょうなんて、厚かましいこと言えない。

「俺も寂しいな。新海エレクトロニクスはいい会社だし、皆親切で居心地もよかったんだけれど……」

穂積さんは悲しそうな笑みを浮かべて、肩を落とす。

「そろそろ俺も本職に戻らないといけないからな」

「本職？　営業ではないんですか？」

「もともとは、大手企業を対象にした経営コンサルタントなんだ」

「え⁉」

経営コンサルタント⁉　しかも大手対象の⁉　それって結構、難しい仕事なんじゃないだろうか……？

「本当に、なんでもできちゃうんですね……」

敏腕だとは聞いていたけれど、底の見えないキャパシティ。将来性のある人だなーと、素直に感心した。

「穂積さん、社内でいろいろ噂されてるんですよ。アメリカの一流大学を出たとか、海外を飛び回ってるとか……」

笑い話のつもりだったのだけれど、彼は涼しい顔で頷く。

「確かに、大学はアメリカだったよ。英語はそれなりにできるから、海外出張することも多かった」

「え⁉　それ、ただの噂じゃなかったんですか⁉」

「そこそこ事実だけれど……誰がそんな情報を流したんだろう？　社長くらいしか知らないと思うんだけどな」

彼は首を捻ってはいるが、新年会での社長の口の軽さを思えば納得だなと私は思ってしまった。

それにしても、そんな輝かしい経歴を持つ彼が、どうしてうちみたいな小さな会社に派遣されてきたのだろう。余計に謎が深まった。

「……穂積さんて、どうしてうちの会社に？」

「ああ、社長にちょっとしたツテがあって。営業経験を積ませてほしいってお願いしたんだ。ずっと経営にばかり携わってきて、その辺、やったことなかったから」

「はぁ……」

てことは、やったこともない職種なのに、いきなり営業成績トップを独走しちゃったんだ。ほかの営業さんが聞いたら、泣いちゃうよ……。

「営業も楽しかったけれど、地盤固めが目的だからね。あともう少し経験を積んだら、おとなしく本業に戻ることにするよ」

「そうですか……その、頑張ってください」

経営なんて縁遠くて、一体何をするのかはよくわからないけれど、きっと彼ならなんだって、そつなくこなしてしまえるのだろう。

『中小企業の営業』から、『大手企業対象の経営コンサルタント』かぁ。なんだかカッコいい響き。彼、ますますモテちゃうんだろうなぁ。

思わずしんみりして、うつむいてしまった。

私とは、全然違う世界に行ってしまう。寂しい……。

なんだか彼のスーツの裾を引っ張りたくなって、手を伸ばして……やめた。

私にそんなことをする権利はない。

「次に勤める会社も、いいところだといいですね」

寂しさをごまかすように笑って、彼を見上げる。彼も「うん、そうだね」と笑顔で答えてくれる。

「転職かぁ……私も……一度はしたことがあるんですが……」

トラウマであるその記憶をわざわざ掘り起こしてしまったのは、お酒が入っていたせいだろうか。口に出したあとに気がついて、ハッとする。

いけない、飲みすぎたみたい。カクテル、おかわりまでしちゃったから。

「転職、後悔しているの？」

私の呟きを拾い上げた彼に、かぶりを振る。

後悔？　ううん、全然。今の会社で働けることになって、私は最高に幸せだ。

「転職は成功でしたよ。前の会社は、ちょっといろいろあって、合わなかったというか……今の会社で働けて、幸せです。昔より、ずっと」

苦い顔をした私に、彼は目を細くする。

笑っている、というか、失笑、という感じで。

「確かに、新海エレクトロニクスは個々の社員のモチベーションが高いし、ここ数年の離職率を見ても、流動の激しいこの業界とは思えない低さを誇っている。優良企業といえるよね」

突然、真剣に語りだした彼を私は呆然《ぼうぜん》と見上げた。

「離職率の低い会社を作るのも、経営の大切な課題なんだ。企業の財産は金銭や施設だけじゃない。結局そこで働く人材自体だから。優秀な人材を確保して逃さないためにも、企業のあり方として――」

徐々に声が鋭くなってきて、表情からも柔らかさが消える。

だがそれも一瞬のことで、絶句している私に気づいた彼は「あ」と言葉を止めた。

「ごめん。こんなこと語られても、困るよね」

「あ、いえ、私のほうこそごめんなさい、続けてください」

普段はのらりくらりとしている彼の本気モードを目の当たりにして、圧倒されてしまった。

柔らかい表情をした彼も魅力的だけれど、真面目に仕事のことを語る彼も素敵だ。

その真剣な顔を、もう少しの間だけ見つめていたい。

けれど彼は言葉を止め、表情を緩めてしまった。

「つまらない話はやめよう。せっかくのふたりの時間がもったいない」

声からも鋭利さが削げ落ち、人懐こい笑みが浮かぶ。

「つまらなくなんてないですよ。真面目なお話も聞きたいのに」

せっかく普段は見られないような新たな一面を発見したのに。これで終わりだなんて残念だ。

けれど、熱く語ったところで話す相手が私じゃあ、彼のほうが物足りないだろう。

私にはそこまで知識がないから、対等に語り合うことはできない。

「……話し相手になれなくてごめんなさい」

「というか、立花さんと話すなら、もっと別の話題がいいな」

そう言って、彼は私の左肩に手を回した。

驚いて見上げると、緩く細められた目が私をじっと見つめていて。

その瞳は街灯の明かりを反射して、キラキラと輝いている。

「立花さんと仕事以外の共通点を作りたいな。じゃないと、契約が終わったあと、俺のことを忘れちゃうでしょ」

「仕事、以外って……」

「なんでもいいよ。君の好きな食べ物でも、お酒でも。君が許してくれるなら、もっと簡単な方法もある」

ただならぬ空気と熱っぽい眼差しに、私はおっかなびっくり首を傾げる。

彼は微笑んでくれたけれど、いつもの人懐こいやつじゃない。もっと狡猾なとらえどころのない笑み。

「隙だらけのその唇にキスしちゃえば、俺のことを忘れるなんてできないよね？」

そう言って、私の顎を指先で軽く押し上げ、上を向かせた。

唇を戯れに近づけては距離を取り、まるで私の気持ちを推し量っているようで……。

「穂積……さん……？」

声が震える。

「……おいで」

建物の陰へと連れ込まれ、抱き寄せられた。頬に当たる彼の胸からは、トクントクンと脈打つ鼓動が聞こえてくる。

深夜にほど近い、静まり返ったオフィス街。人通りもほとんどないし、車もたまに走り過ぎるくらいだ。

そんな静かな空間に、彼の力強い心音と、甘い声だけが鮮明に響く。

「朝まで一緒にいたいって言ったら、迷惑かな？」

彼の両腕が私の背中に回り、涼しかった初夏の夜が途端に熱気に包まれる。

今日は助けてもらったお礼。ただのお食事のはずだったのに。

こんな不意打ちをくらっては、どうしたらいいのかわからないよ。

「ズルい、穂積さん……どうして急にそんなこと言うの……」

「ズルいのは、立花さんのほうだよ。俺の下心を知ったうえで、こんなところまでついてきて、今さらわからないフリをするなんて」

「下……心……？」

「俺は本気だって、言ったよね？」

頬が真っ赤に染まり、隠すようにうつむいた。

けれど、耳までは隠しようがなく、無防備な耳朶《みみたぶ》にそっとキスを落とされる。

鼓膜を震わせたチュッという淫靡《いんび》な響きに驚いて、私はびくりと肩を震わせて彼を見上げた。

しかし、軽々しく上を向いたのがいけなかった。

彼はすかさず唇に狙いを定め、自身のそれを押し当ててくる。

「ん……っ！」

抵抗する間もなく唇を塞がれて、私は咄嗟に目をつぶった。

視界からの情報がなくなると、いっそう感覚が研ぎ澄まされ、柔らかく温かい彼の感触をたっぷりと味わわされてしまう。

「そんな顔をして……可愛いな」

彼の囁きから、こののぼせ切った表情を見られているのだと気づき、顔から火が噴き出しそうなほど恥ずかしくなった。

彼の胸を叩《たた》いて、やめてと訴えようとするも、手首をつかまれて、いっそう強く腕の中に閉じ込められる。

「んっ……穂、積、さ――」

「嫌だったら、本気で抵抗してごらん？」

私の腰と手首に回した手の力が、ほんの少し緩む。

本気で暴れて逃げ出そうと思えば、できる力加減。『嫌だ』と力いっぱい叫べば、きっとやめてくれるだろう。

けれど、私をついばむその唇は甘く、撫でる舌はしっとりと心地よい。私の混乱し切った頭は、甘美な誘惑に陥落寸前だ。

休む間もなくキスは紡がれ、角度を変えて、幾度となく重なった。

その場から一歩も動かなかったことを肯定だと判断したのか、彼は、唇を乱暴に食《は》み、隙間をこじ開けるかのように舌を差し入れる。

「あっ……うぅ……」

「ほら。そんなに強く引き結ばれちゃ、入んない」

彼が私の唇を指でそっと撫で、緊張を解きほぐす。口元を緩めると、その隙間に舌が容赦なく滑り込んできた。

「あぅ……穂積……さ……」

私の中で彼の舌が暴れ、敏感な部分を探している。

思わず吐息を漏らすと、彼はそこを重点的に舌先でくすぐり始めた。

「や……ダメ……んっ……もう……」

鼓動が速くなりすぎて、上手に呼吸ができない。膝《ひざ》の力が抜けそうで、くずおれる寸前だ。きゅっと彼の胸元をつかんで、ギブアップを伝える。

けれど、どうやら逆効果だったみたいだ。私が中途半端な抵抗をするたびに、煽《あお》られた彼は容赦なく攻めたてる。

「んんっ……ぷはぁっ」

耐えきれず思いっきり息を吸い込んだところで、彼は私の異変に気がついた。

「ん？　息止めてたの？　……もしかして、キス、初めて？」

そう心配そうに覗き込みながらも、決して合わさった唇は離してくれない。

「ち、ちがっ……ぅぅんっ……ちょ、ちょっと、久しぶりで……」

「落ち着いて。ほら、ちゃんと呼吸して」

「は、はぁ……」

「唇はそのまま、開けておいて」

「んむぅっ……」

強く後頭部を引き寄せられ、深く、情熱的に舌を挿し入れられた。

こんなにいっぱいいっぱいな相手を前に、それでも手を緩めてくれない彼は鬼かと思った。

私とは反対に、涼しい顔で口づけを嗜《たしな》む彼。なんだかすごく手慣れている感じ。

きっと今まで、たくさんの女の子としてきたんだろうなぁ……そんなことを思っていたら、余計に切なくなってきた。

ほかの人にこんなこと、してほしくない。私だけにしてほしい。

これは独占欲ってやつだろうか。いつの間にか、彼を私のものにしたくなってしまっている。

キスひとつで落とされて、心を奪われた。私ってなんて簡単な女なんだろう。

「う……ん……」

恥ずかしさと緊張で、もう心臓は爆発してしまいそうだし、酸欠で意識が朦朧《もうろう》とする。しびれるような心地よさに失神しちゃったらどうしよう。

「……ダメ……穂積さ……倒れちゃう……」

ぐったりと彼の胸に頭をつけたら、さすがの彼もクスリと笑って、キスの嵐をやめてくれた。

「……続きは俺の家でいい？」

わけもわからぬまま、こくこくと頷くと、彼は私の腰を抱いて歩道の脇に立ち、タクシーを呼び止めた。

後部座席に並んで乗り込み、ドアが閉まった瞬間、肩を抱かれる。

無理やり顔を持ち上げれば、不敵な笑みを浮かべた彼と視線が合う。

真っ赤になっている顔を見られたくなくて、彼の胸に顔を埋めると、私の耳元に唇を近づけた彼が、小さな小さな声で「……可愛い」と囁いた。

甘い夜と本当の彼

タクシーの中で彼の胸に顔を埋め続けること十五分。辿り着いた先は高層マンションで、彼の部屋は三十階にあった。

「こ、こんな場所に住んでいるんですか?」

彼の部屋に足を踏み入れて、愕然《がくぜん》とする。

まず、玄関がびっくりするほど広かった。そして奥のリビングも。

部屋の中央にガラス製のローテーブルと、それを囲むように設置された、十人は座れそうな革張りのソファ。

奥の壁には大画面のテレビ、サイドには大きなスピーカー。そしてキッチン側には六人がけのダイニングテーブル。

それらをゆったりと配置しても、あまりある空間。一体どれくらいの広さがあるのだろう、予想もつかない。

黒とグレーを基調としたその部屋は、ハイセンスすぎてモデルルームみたいだ。

極めつけは、一面にとられた窓の外に広がる贅沢な夜景。

「驚いた？」

「……こ、こんな部屋、派遣の仕事のお給料じゃとても……」

「宝くじで一発当てたんだ」

「は⁉　う、嘘《うそ》でしょう⁉」

「嘘だよ。ちゃんと自分で稼いだお金だ。ねぇ、そんなことより……」

リビングのソファの上に、彼はふたり分の荷物とジャケットを放り投げた。

私の顎を強く押し上げ、先を急かすように自身の腰を押しつける。

「早く抱かせてほしい」

「……穂積さんっ……待っ……」

「キスしてくれないと、ソファの上で脱がせちゃうよ」

言ってるそばから私のカーディガンを肘のあたりまで脱がし、剥きだしになった二の腕を優しく撫でる。

仕方なく、私から彼の唇に近づくと、逆に覆いかぶさるようにキスをくらわされ、結局ソファへ沈められてしまった。

「やっ……お、ねがい……待って……」

「無理だ。こんなに美味しそうな女性を前にして、どうやって理性を保てばいいのかわからない」

そう答えた彼の瞳は飢えた狼のように本能的で、吐息からはアルコールの香りが漂ってきた。

さっき唇を重ねた時に気づかなかったのは、きっと彼との初めてのキスがあまりに衝撃的で、呼吸を止めていたからだ。

深く息を吸い込めば、それだけで酔ってしまいそうなほど芳しい香りがする。

これはワイン？　ブランデー？　ウイスキー？　あるいは全部が混ざり合っているのだろうか。

もしかして、実はものすごく酔っていたりするの？　だからこんなにも、積極的？

「ほ、穂積さ……飲みすぎ……あんなにお酒飲むから――」

「だって、立花さん、全然酔い潰れてくれないから。俺まで一緒になって飲みすぎた。でも……」

まるで美味しい餌に舌なめずりするように、赤い舌をちらつかせてニッと艶やかな笑みを浮かべる。

「酔った勢いで抱きたいわけじゃない。こうしたいって思ってたんだ。ずっと、ずっとね」

反論しようとする私を、彼の唇が荒々しく塞ぐ。さっきよりもずっと濃厚な、息を継ぐ間もないほどのキスの嵐。

ソファの上でよかった。きっと、立っていられなかったと思うから。

「穂……積……さん……」

私がキスで翻弄されている間に、いつの間にかブラウスの前がはだけていて、彼の手が服の下に差し入れられた。

「きゃっ……」

いやらしい指先の動きと、絶え間ないキスで、私の頭の中は真っ白に塗り潰されていく。

鮮明に感じるのは、かき立てられた欲情と身体の疼《うず》き。

「……よかった。君の身体も、俺としたいって言ってくれてる」

「そ、そんなこと……っ……」

一体何からそう判断したの？ 恥ずかしすぎて聞けない。

やがて抗う力もなくして、気がつけば彼の思うがまま。

はだけた白い肩にキスマークを刻まれて、鎖骨も、首筋も、あっという間に、桜の花びらを散らしたみたいにピンク色に染められていった。

彼は私の上に馬乗りになって、服を全部剥ぎ取ろうとする。

「こんなところで……」

「ベッドへ行く？」

彼はソファから下り、私の身体を横抱きにして、リビングの隣の部屋へと向かう。

「……あ、あの、私、重いので歩きます！」

「お姫様抱っこなら、前にも一度してあげただろう？」

パソコンチェアから落ちて抱きかかえられた時、確かに『お姫様抱っこくらいなら余裕』と言っていたけれど。

まさか、もう一度される機会があるなんて、夢にも思わなかった。

隣の部屋は、リビングから漏れる明かりと間接照明で薄暗く、目が慣れていない私には、中央に大きなベッドが置かれていることくらいしかわからない。

彼は私をベッドに下ろし、膝をついて跨《また》がると、ネクタイの結び目に指をかけ引き抜いた。

脱いだシャツから覗いた素肌が、ライトの陰影でくっきりと照らし出される。

予期せず思い知らされたのは、彼が見るからに引きしまった体つきをしているということ。

こんなに男らしい人だったなんて、全然気づかなかった。いつも柔和な笑みを浮かべている彼に、こんな本能的な一面があるなんて。こんな——。

「今度は君が脱ぐ番だよ」

そう優しく囁いて、私の上半身を抱き起こし、かろうじて身体に巻きついていたブラウスを剥ぎ取った。

胸の前で腕をクロスさせると、彼はブラのストラップに手をかけ、甘い微笑を浮かべる。

「これも外していい？」

わざとらしく彼は言う。まるで焦《じ》らして遊んでいるみたいだ。

拒むこともできずに腕の力を緩めると、彼は素早くホックを外し、私の身体からブラを引き剥がした。

ベッドの上に押し倒され、私の素肌に彼の逞《たくま》しい筋肉が触れる。

思わず「あ……」と小さな吐息を漏らすと、「澪……」と彼は初めて私の名前を呼んでくれた。

彼の特別になれたような気がして、嬉しくて、自分の身体を隠すことさえ忘れて彼にすがりつく。

そんな私に、彼は唇で丁寧に愛撫を施す。私のショーツに指をかけ、するすると下へ脱がせていった。

彼の熱を全身で感じ取って、もう私の中は言い逃れできないほどに昂《たかぶ》っていて。

それは彼も同じだったらしく、ふたつの身体が密着して生まれたのは――とめどもない快感。

「柊一……さん」

そのあとのことは、正直よく覚えていない。

とにかく恥ずかしくて、同時に気持ちよくて、みっともないくらいに啼《な》かされてしまった。


「おはよう、澪」

ゆっくりと目を開けると、ベッドの上に肘をついて寝転んでいた彼が、柔らかな笑顔をくれた。

あたりはぼんやりと明るくなっていた。明け方かと思いきや、ヘッドボードの時計を見ると朝の七時。

相変わらず天気が悪いらしく、ブラインドの隙間からは仄《ほの》明るい朝日が申し訳程度に差し込んでいる。

昨晩、ふたりで何度も身体を絡ませ合って、眠りについたのは結構遅い時間だったと記憶している。

まだお互い服も着ておらず、素肌のままだ。

「おはようございます……穂積さん」

「柊一、だろ？」

コツンと私の額を小突いて、代わりに緩慢なキスをくれる。彼のキスを何度も味わされたおかげで、ひと晩で息継ぎができるくらいには上達した。

彼の、食むような悪戯っぽいキスが好き。

朝からさっそくとろけてしまった私の顔を押し上げて、彼は挑発的に笑う。

「ほら、俺の名前、呼んでみて。夕べみたいに」

「しゅ、しゅういち、さん」

「おかしいな。夕べはそんなにぎこちなくなかったのに。もっと可愛い声で呼んでくれただろう？」

「だ、だって、あの時は……」

答えようとして赤面した。身体を重ねた記憶が、生々しく蘇《よみがえ》る。

あの時は、冷静じゃなかったから呼べたんだよ……。

もごもごと言い淀《よど》む私を見て、彼は楽しそうに目を細める。多分、私が今、何を考えているかお見通しで、面白がっているんだ。

「……柊一さんの意地悪」

「ほら。すんなり言えたじゃないか」

彼はクスリと笑って私の頬をひと撫でする。

まじまじと私の顔を見つめ、今度は困ったように眉を下げた。

「メイク、すっかり落ちちゃったね。キスしすぎたかな」

「うぅ……きっと、ひどい顔ですよね」

シャワーも浴びず、メイクもそのまま。

ファンデやリップは落ちてしまったけれど、頑固なマスカラはまだ残っているようで、睫毛《まつげ》が絡まって瞬きしづらい。

目の下を指で拭《ぬぐ》うと、やっぱり落ちかけのアイメイクがくっついてきた。多分、パンダなんだろうなぁ。

「ひどくないよ。余計に色っぽく見える。気になるならシャワー浴びておいで」

「……お借りします」

「でも、その前に水分補給かな。声が嗄《か》れてる」

どうして嗄れているのかといえば――考えて赤面した。朝から思い出すには、ちょっと刺激が強すぎる。

「お水持ってくるから、ちょっと待ってて」

彼はベッドから這《は》い出て、脱ぎ捨てられていた衣服を身に纏《まと》った。

彼がリビングに向かったあと、私もブラウスとスカートを身につけ、遅れて彼についていく。

リビングの窓から見える景色は、雨で一面灰色だった。

ぼんやりともやがかかった中、地上に灯る電飾がわずかに色を放っている。これはこれで幻想的で素敵だけれど、やっぱり雨はなんとなく気分が滅入る。

「はい。お水」

「ありがとうございます」

彼が用意してくれたミネラルウォーターを受け取り、ごくごくと飲み干した。

昨晩からお酒ばかりだったこともあって、かなり喉《のど》が渇いていたみたいだ。汗もかいてしまったし……。

「髪もぐしゃぐしゃだ。まぁ、俺のせいだけど」

汗をかいたまま眠ってしまったから、たくさん寝グセがついていたのだろう。

私の乱れた髪をかき上げて、彼はクスクスと笑う。

「……シャワー、貸してください」

赤面して訴えると、彼は「こっちだ」とバスルームへ案内してくれた。脱衣所の壁面収納から、フカフカのタオルを取り出して手渡してくれる。

「着替えは、あとで適当に置いておくね」

そう言って、彼はバスルームから出ていく。

私は浴室に入り、熱めのシャワーを頭から浴びて、全身を温めた。身体も、頭の中もさっぱりして、寝ぼけていた四肢にやっと血が巡りだす。

ふと鏡に自分の身体を映せば、そこら中に刻まれているキスマーク。

彼に独占された証。ちょっぴり嬉しくて、指先で撫でては夕べのことを思い起こす。

ああ……首のところまで。ブラウスから出ちゃう。

髪で隠すことのできる位置だったのが幸いだ。それを狙ってつけたのかもしれない。

浴室から出ると、脱衣所に女性用の白いワンピースと下着が置かれていた。

この服、どうしたんだろう、なんて考えながらも袖を通し、まだ濡れた髪を拭《ふ》きながらリビングへ。あたりにはコーヒーの香りが漂っていた。

キッチンから私の姿を見た彼は「よかった、似合ってる」と言って湯気の立つマグをふたつ持ってくる。

「柊一さん、この服……」

「澪が寝ている間にコンシェルジュに頼んで持ってきてもらった」

「……ありがとうございます」

彼は右手のマグのコーヒーをひと口飲み、部屋の中央にあるガラステーブルに置く。

「本当は抱きしめたいところだけれど、綺麗になった澪を汚すのは嫌だから、俺もシャワーを浴びてからにするよ」

そう言って、彼は私と交代してバスルームへと入っていった。

広すぎるリビングにポツンとひとり、取り残されて途方に暮れてしまう。

壁にかけられたテレビだけはついていて、土曜の朝のちょっぴり軽めなニュース番組が、控えめなボリュームで映し出されていた。

ソファに座り、淹《い》れたてのコーヒーを味わいながら、ぼんやりとあたりを眺める。

この部屋を見て、彼に関する謎が余計に深まった。

この豪勢な住まい――しかも、夜間対応のコンシェルジュ付きらしい――を維持するだけの収入をどこから得ているのだろう。

本職だという経営コンサルタントの仕事は、そんなに儲かるのかな？

アラブの石油王の右腕だったという噂も、今なら信じられる気がする。

「もしかして、すっごいお金持ちのご子息なんじゃ……」

そう呟いて、まさかね、と自分で否定する。そんな人が派遣社員なんてやっているはずがない。

ふと正面のソファに目をやれば、彼のジャケットと私のカーディガンが昨日のまま脱ぎっぱなしになっていた。

皺《しわ》になっちゃう。せめてハンガーにかけてあげないと。クローゼットはどこだろう。寝室かな？

キョロキョロしながら、彼のジャケットを手に取り、パンパンと皺を伸ばしていると、叩いた拍子にポロッと、胸ポケットから折り畳み式のカードケースが飛び出してきた。ラグマットの上に落ちると、中身を上にしてパカッと開く。

拾い上げると、予期せず中に入っていた免許証が見えてしまった。

写真はもちろん穂積さん。免許証の写真は大体ひどいと相場が決まっているのに、そんなジンクスをものともしない仕上がりだ。元がいいと写真写りなんて関係ないらしい。

ふと目線をずらしたところで、気になるものが目に入ってきて手を止めた。

それは名前——彼のフルネームは『穂積柊二』のはずなのに、『千堂柊一朗《せんどうしゅういちろう》』となっている。

千堂柊一朗って……誰？

苗字が違うだけなら、まだ理解できる。両親の離婚とか、自身の離婚とか——まぁ、彼は未婚と聞いているから、それはそれで問題なのだけれど——まだ説明がつく。

だが、下の名前まで違うとなると、理由がわからない。

確かに写真は穂積さんで間違いないし、まさか他人の免許証を持っているわけがないよね？

カードケースをめくると、保険証も入っていた。その名前は『千堂柊一朗』。けれど、その隣の社員証には『穂積柊二』。

「名前が……ふたつ？」

ざわっと胸が騒いで、嫌な予感がした。

別の名前を作らなければならない理由があったのだろうか。あるいは、本名を隠そうとしていた？

謎だらけの彼、同年代の人と比べて、あまりにも豪勢な部屋——まさか、犯罪にかかわるような、やましいことでもしているのでは……。

そんな疑惑が頭を掠《かす》めるも、ブンブンと首を横に振る。

彼に限ってそんなことあるわけない。彼が語っていた経営に対する熱い想いは本物だった。何より、この一カ月半、仕事と誠実に向き合う姿を、ずっと近くで見てきたではないか。

きっと、何か事情があるはず……。でも、一体どんな事情が……？

疑惑が深まると同時に、『確かめなければ』という妙な使命感にかられた。

ソファの脇に落ちていたビジネスバッグがこれ見よがしに目に入る。中を調べれば、この謎を解く手がかりが何か見つかるかもしれない。

勝手に見るなんて反則だ。けれど……気になる。

好奇心が勝り、バッグを開く。中には名刺ケースがふたつ。

ひとつは、私が発注して彼へ渡したもの——『新海エレクトロニクス株式会社　営業部　穂積柊一』と印刷された名刺が入っていた。

厳密にいえば彼はうちの社員ではないのだが、営業をする時はこの名刺を使ってほしいと頼んだのだ。

そして、もうひとつの名刺ケースに入っていたのは……。

「これって……！」

思わず驚きの声をあげてしまった。

名刺にあったのは、かつて嫌というほど目にしたロゴマーク。

私が二年前に退職した『日千興産《にっせんこうさん》株式会社』のものだ。

中央にでかでかと書かれていたのは、名前と役職。

『専務取締役　千堂柊一朗』

「専務……取締役って……」

その名刺が、何枚も何枚も出てきた。もらったものではない、明らかに、配るために用意されたもの。

「どうして彼がこんなものを……？」

まさか彼が、あの会社の上位役員だというの？

日千グループといえば、工業、流通、環境事業にサービス業、果ては宇宙開発や自衛隊が使う戦闘機まで、ありとあらゆる分野で名を知られる、日本を代表する巨大グループ企業。

その中核である日千興産株式会社は、就職を決めただけでも羨望の的だというのに、専務といったらどれほどの地位にあるのか、恐ろしくて考えたくもない。

私の意思とは関係なく、パズルのピースがはまっていく。

どうしてこんなにも豪勢なマンションに暮らしているのか。

アメリカの大学を出て、海外を飛び回っていたという経歴も納得だ。日千グループは海外にも進出しており、世界中のあちらこちらに関連企業や支部があるから。

ではなぜ、身分を偽って働いているのか？　それだけはいくら考えてもわからない。

彼が言っていたように、本当に『営業経験を積みたい』という理由だけで？

まさか、私が過去に日千興産の社員だったってことは気づかれていない……よね？

名刺ケースを握る手に力がこもる。さすがにそれはないだろう。知っていたら、私と寝ようなんて思うはずがない。

だって、私は〝あの事件〟の首謀者なのだから。

日千興産の幹部であれば、誰もが私のことを憎んでいるはず。

彼だって、この事実を知れば、私を嫌いになる……。

胸がズキッとして、息苦しさに襲われた。

きっと嫌われる。私は、彼の隣にいていいような女じゃない。彼には……相応《ふさわ》しくない。

気がつけば、名刺ケースを元の位置に戻していた。

何事もなかったかのようにビジネスバッグのファスナーを閉めて、免許証の入ったカードケースをスーツのジャケットに戻す。

寝室にあったクローゼットにジャケットをかけ、大きく深呼吸しながらリビングへと戻った、その時。

「そんなところで何してるの？」

首からタオルをかけ、リネンの白シャツとスエット姿になった彼がリビングへと戻ってきた。

濡れた髪を艶っぽくかき上げながら、蠱惑的《こわくてき》な瞳を携えて私のもとへやってくる。

「あ、あの、スーツのジャケット、クローゼットにかけておきました。私のカーディガンも一緒にかけていいですか？」

慌ててまくし立てると、彼は緩く首を傾げ、思わせぶりに私の頬に触れた。

「どうしたの？　そんなに焦って。何か悪いことでもしてた？」

ドキン、と心臓が大きく跳ねる。

大丈夫、今の言葉に深い意味なんてない。ただからかっているだけだ。

わかっているのに、鼓動がバクバクと激しく胸を打ち鳴らしていて、止まらない。

「……なんでも、ありませんよ？」

けれど、彼の目を見て答えることはできなかった。

彼の正体に気づいてしまったことと、自分の正体を隠していること、両方が後ろめたくて。

「……嘘だ。何考えてた？　俺の目を見て」

綺麗な瞳が私の奥底を探るように見つめてくる。

その瞳が私の正体を見抜くのは、時間の問題かもしれない。

私の顔はそれなりに広く知られているはず。何かの拍子に、あの時の女性が私だ、って思い出すかも。

怖い。これ以上関係を深めたら、真実を知られた時の傷が深くなる。

彼に憎まれるのがつらい。だったら、最初から近づかないほうがいいんじゃないだろうか。

「澪？」

目を逸らし続ける私を、彼は訝しげに覗き込む。

「柊一さん……」

声が震えて、顔が上げられない。

今の私の目は、きっと真っ赤になっていて、みっともなく潤んでいるだろう。

「私……考えたんですが……」

彼のことを好きになってしまった。もっとそばにいたい。

けれど、日千興産の専務である彼と私が、一緒にいるわけにはいかないから。

「……やっぱり私、柊一さんと一緒にはいられません」

ぴくりと、目の前の身体が反応する。

顔は見られないけれど、きっと驚いた表情を浮かべているんじゃないかと思う。

「澪……？」

掠れた声が頭上から降ってきて、困惑した。予想以上に、ショックを受けているような声だったから。

彼の腕が私の両肩をつかむ。

「どうしてそんなことを言うんだ？」

「……その、いろいろと、考えて」

「いろいろって、何？」

きゅっと唇を噛みしめた。彼と別れたい理由なんて、何ひとつ見つからない。ただ、嫌われるのが怖いだけ。

「いろいろは……いろいろですよ」

「そんな理由で納得できると思うのか？」

そっと頬を包まれ、顔を押し上げられて、いつにも増して真剣な眼差しが目に飛び込んでくる。

確かに私は、彼の真剣な顔を眺めていたいって思っていたけれど。

何もこんな時に見せてくれなくたっていいじゃない。

「どうして突然、そんなことを。ついさっきまで、俺のことを愛してくれていたのに」

「それは……やっぱり私と柊一さんじゃ、合わないなと思って――」

「澪」

肩に、コツンと額を当てられた。そんな仕草ひとつひとつでさえ、胸が締めつけられてたまらない。

「もっとちゃんと言ってくれなきゃ、わからないよ。俺の何がいけなかった？」

「柊一さんが悪いとか、そういうんじゃ、なくて……」

ちょっとでも気が緩めば、涙が溢れ出てしまいそう。ダメだ！　今すぐこの場から逃げ出してしまいたい……！

「……ごめんなさい！　私のことは、忘れてください！」

「澪！」

彼の腕を振り払い、大きく頭を下げると、ソファの脇に置いていたバッグを抱きしめて玄関へ走りだした。

「待って、澪！」

リビングの出口のところで、追いかけてきた彼に背中から抱きすくめられる。

ズキン、と胸が痛んで、呼吸が止まりそうになった。

「何があった！　何を考えている⁉」

私の身体を正面に向けて、キスをくれようと顎を持ち上げるけれど……。

「やめてください！」

ぴしゃりと言い放った私を前にして、彼の手が止まる。

これは本気の抵抗。本気の拒絶。

『嫌だったら、本気で抵抗してごらん？』

夕べ、彼が私に向けて言い放った言葉だ。

「……さようなら」

私が背中を向けると、彼は今度こそ引き止めることをしなかった。

玄関を出て、エレベーターへ飛び乗る。

一階に着いて、早足でマンションを出ると、外はひどい雨。

駅までの道もわからなかったから、近くに止まっていたタクシーのドアを叩いて、すぐさま乗り込んだ。

後部座席に座って、バッグをぎゅっと抱きしめる。私の心はひどく虚ろだ。

……どうして、こんなことに。

諦めきれない恋心と、諦めなきゃならない現実。とにかく、昨晩の出来事を早く忘れなければ、と刷り込むように頭の中で繰り返した。

あのことを隠して付き合うこともできたのかもしれない。けれど、いつかはバレる。これ以上傷口を広げてしまう前に離れたほうがいい。私の選択は正しかったはずだ。

そう自分に言い聞かせながらも、全然納得できていなくて、今にも涙が溢れ出そうだった。

週が明けて四日後、穂積柊一は契約期間を満了し、新海エレクトロニクスをあとにした。

残りの四日間、私と彼は職場で何事もなかったかのように接し、普通にさよならを言って別れた。

私の胸は張り裂けそうだったけれど……彼の柔らかな笑顔の下はどうだったんだろう。いつも通り彼はスマートで、何も感じていないように見えた。

わずかに冷静になった私は、『専務取締役　千堂柊一朗』という人物が実在するのかネットで調べてみた。

企業のサイトを確認すると、あっさりと同じ名前が見つかり、彼の素性の確証を得るかたちとなった。

本職は経営って、そういうことだったんだ。今さら腑に落ちる。

ではなぜ、『穂積柊二』という名を騙《かた》って、派遣社員を装っていたのか？　その理由までは、どんなに考えてもわからないままだ。

結局、彼についてはほとんどが謎に包まれていて、解き明かす方法もなく、できる限り考えないように目を背けるしかなかった。

彼を思い出すと

　あれから三カ月が経った。夏が過ぎ、季節はもう初秋。

　もちろん、私はいまだ恋人もおらず、ちゃんとお嫁に行けるかどうか、両親は日々心配を募らせている。

　とうとう見かねた父が、お見合いの話を持ってきた。

「……お父さん、娘が結婚できれば、相手は誰でもいいってわけじゃないんでしょ？」

　父の友人の、さらに友人の息子さんらしいのだけれど、お見合い写真からして合わないなぁという感じがひしひしと伝わってきた。

　人を見た目だけでどうこう言うつもりはないのだけれど、礼儀がなっていないっていうのが私的にNGポイントだ。

　着飾ってわざわざスタジオで撮影しているというのに、無精ひげとぼさぼさ頭はそのままって、どういうこと？

　こだわりなのだろうか。オシャレっていうより、ただ、だらしがないだけみたいに見えるけど……。

「そんな贅沢言ってられるか。この機会を逃したら、結婚できないかも——」

「妥協するくらいなら、独身でいいよ」

リビングにいると、結婚のプレッシャーばかり。どんどん実家が居心地悪くなっていく。

本気でひとり暮らし、考えようかな。

駅に置いてあった無料配布の賃貸情報誌を眺めるけれど、通勤時間、駅からの距離、防犯設備、築年数、周辺の環境、絞り込んでいくとあっさりと予算を超えてしまって、私の給料では生活がカツカツだ。

うう、設備の条件をもう少し落として……バストイレ別なんて贅沢、言ってられないよね……。

仕方なく、今度は別の賃貸情報誌に手を伸ばして、ペラペラとめくりながらため息をつくのだった。


翌朝。会社の一番奥にある、資材置き場と化した薄暗い通路にて。

「よい……しょ……」

またしてもオバサンくさいかけ声を漏らしながら、私はパソコンチェアの上に立って、スチールラックの最上段の段ボールに手を伸ばしていた。

三カ月前はチェアから落ちて、穂積さんに助けてもらったっけ。

『次から、体力仕事は俺に言うこと』

蠱惑的な笑みを思い出してしまい、唇を噛みしめる。

だって、もう彼はいないのだ。大体、これくらい誰にも頼らなくたって、私ひとりでもなんとかできるよ……！

またチェアから落ちたりしないし。さすがに同じ轍《てつ》は踏まないんだから！

細心の注意を払いつつ、チェアの上で背伸びをする。

「うわ。危ないことしてんなぁ」

突然後ろから声をかけられ、驚きにびくりと震え上がった。その瞬間、チェアのキャスターがずるんと滑る。

「わ、わ、わーっ！」

またこのパターン!?　自分で自分に呆れながらも、地面に向けて背中から投げ出されて――。

「よっと」

また誰かが私の身体を支えてくれた。その人にしがみついて、なんとかチェアの上に踏みとどまる。

「あぶねーなー、もう」

「あ、ありがとうございます」

手を借りながら、チェアから下りて地面に足を着けると、私を支えてくれた男性は、最上段の段ボールをあっさりと抱え上げた。

彼も身長が高く、軽く一八〇センチを超えていて、高い場所の荷物くらい楽勝で届くらしい。

「で。これをどこに運びたいんだ？」

「えと、総務に」

「仕方ねーな。ほら、行くぞ」

段ボールを抱えて、彼は来た方向に逆戻りする。

その男性社員が、強面な見た目と噂に反して意外と親切だったので、今、私はちょっとびっくりしている。

「ありがとうございます。その、まさか雉名《きじな》さんに助けてもらえるなんて……」

彼——雉名さんは、眉間に皺を寄せると「どういう意味だ、それ」と、ちょっといかついトーンで私を睨《にら》んだ。

私は、うっとたじろぎつつ、言葉を探す。まさかバカ正直に、怖い人だと思っていたなんて言えない。

「ええと……あまりお話ししたことがなかったので……」

「話したことのない赤の他人だろうと、いかにも困ってますってヤツがいたら、さすがに助けるさ」

彼は私が入社する前からこの会社に勤めている開発部のメンバーで、名前を雉名大《だい》地《ち》さんという。年齢はおそらく私より少し上、三十歳前後だろう。

仕事はよくデキるのだが、他人に気を遣うのが嫌いらしく、歯に衣着せぬ鬼課長として有名だ。会社の飲み会にもほとんど参加せず、入社以来マイペースを貫き通しているのだそう。

彼は資材置き場の手前にある喫煙所へ行く予定だったらしく、火のついていない煙草《たばこ》を口にくわえて、ちょっぴり不機嫌そう。

「雉名さん。禁煙ですよ」

「火、ついてないだろ」

「モラルの問題ですから」

「あんたって意外と口うるさいんだなー」

そんなことを言いながらも、段ボールを片手で抱え直し、口にくわえていた煙草を胸ポケットへとしまってくれた。

その段ボール、片手でも楽勝なんだ……ちょっと驚いた。

彼は穂積さんよりもガッチリした体躯《たいく》をしていて、見るからに力持ちって感じだ。

歩くペースがものすごく速くて、私は置いていかれないように、パソコンチェアの背もたれをガラガラと勢いよく押しながら小走りで彼についていった。

穂積さんと違って、私の歩くペースに合わせてくれるような気遣いはない。でも、重たい段ボールを率先して運んでくれるあたり、本当は優しい人なのかもしれない。

「ここまで運んでくださって、ありがとうございました」

総務部のドアの前に辿り着いて、お礼を告げながら、カードリーダーに入室カードをかざした。

「これからは体力仕事くらい、その辺の男どもに頼めよ。二度と椅子の上で背伸びはするな。危なっかしいから」

「わ、わかりました」

ピッと解錠の音が響いて、ドアを開けた、その時。

「そんなことを言われても困るんだよ！」

怒声が耳に飛び込んできたから、驚いた私と雉名さんは顔を見合わせた。

オフィスに足を踏み入れると、上村さんのデスクの横で怒鳴り散らす男性の姿。

どうやら開発部の小峰《こみね》さんのようだ。少々厄介な性格で、自分に非があることもすぐに他人のせいにして怒鳴り散らすから、同じ開発部のメンバーからも敬遠されているらしい。

「提出期限⁉ ずっと忙しかったんだから仕方がないだろ！ お茶《ちゃ》汲《く》みくらいしか仕事のない総務の連中にどうこう言われたくない！ 稼いできてるのは俺たちなんだから、そっちが頭下げて合わせろよ！」

見れば総務部長は外出中、ベテラン女性社員の山本《やまもと》さんも離席しているようだ。

小峰さんだって、あのふたりがいる時は怒鳴り散らしたりしない。文句を言えない新人の上村さん相手だから、こんなに強気で噛みついているんだ。

「なんだあいつ、偉そうに」

雉名さんもイラッとしたのか、私の斜め上でボソリと呟く。

けれど、一番腹が立ったのは、多分私だ。上村さんを庇《かば》うように小峰さんの前に割り込んだ。

「何かありましたか？」

キッと睨みつけると、小峰さんは一瞬ぐっと唸《うな》る。こういう時、私が全く怯まないことをすでに彼は知っているのだ。

「い、言われた通り領収書を持ってきてやったのに、期限がどうこう言うから――」

私は上村さんの手の中にある領収書を奪い取ると、その日付をちらっと確認する。

そして、小峰さんの顔の前に突きつけた。

「これ、三カ月前の領収書じゃありませんか！　提出期限は翌月の十日ですよ。どうしてもっと早く出してくださらなかったんですか！」

反論されて怒りがますます込み上げてきたのか、小峰さんは顔を真っ赤にする。

「仕方がないだろう、ずっと客先に行ってたんだから！」

「同じように客先に常駐している方でも、ちゃんと提出日には出してくれています！なんのために帰社日が設定されていると思ってるんですか」

一回や二回、領収書を出し忘れた程度でこんなことは言わない。

小峰さんの場合は常習犯で、何年もずっとこの調子なのだ。ひどい時は『領収書をもらい忘れたけれど、資材を買ったから三万円くれ』とか言いだす。

総務部長だって、毎回同じようなことを言って注意してくれているのに、まだ懲りないらしい。

「総務なんて、どうせ電話番くらいしかないんだろう！　暇なんだから、やってくれたっていいじゃないか！」

相手にするのもバカらしい言い分に、私はいっそう冷ややかに睨みつける。

「私たちの都合だけで言ってるんじゃないんです。会社の帳簿の問題ですから！　仕方がないので今回は受理しますが、次からは、出せない理由があるならその旨、必ずメールで連絡をしてください。それから……」

腰に手を当ててぐっと胸を反らす。私の身長は一五五センチしかないから、どんなに胸を張ったって、たいした威圧感もないけれど。

「私たちは私たちのやるべきことをやってお給料をいただいているので、文句を言われる筋合いはありません！」

言うべきことはしっかりと言わせてもらう。

小峰さんは「チッ」と大きく舌打ちをして、総務部のオフィスを出ていった。

「立花さ〜ん……」

半泣きの上村さんがしがみついてくる。怖い思いをしたのだろう、入社してまだ半年の新人じゃ、言い返すのは難しいよね。

「大丈夫。今のことは、あとでちゃんと総務部長からも注意してもらうから」

なだめると、上村さんは「ありがとうございます〜……」と、瞳を潤ませてペコリと頭を下げた。

ふと後ろを振り向けば、いつの間にか雉名さんが壁に背中をもたれ、腕を組んで傍観していた。

段ボールの荷物はすでに下ろされ、邪魔にならないよう、部屋の隅に置いてある。

「へーえ。あんたって肝が据わってるんだな」

能天気にそんなことを言って、ケラケラと笑いだした。

「だって、どう考えたって間違ったこと言われたじゃありませんか」

バカにされたような気がして、ムッと頬を膨らませると。

「普段はニコニコしておとなしいのに、怒ると怖いのな。気に入った」

おもむろに近づいてきて、私の頭を大きな手で、くしゃくしゃと盛大に撫で回し始めた。

「えっ……なっ……」

髪をさんざんかき乱して満足したのか、雉名さんは総務部のオフィスを出ていく。

一体、何が気に入ったのだろう？　さっぱりわからないまま、私はその後ろ姿を呆然と見送る。

「うわー、立花さん、穂積さんだけじゃなくて、雉名さんにまでなでなでしてもらいましたねー！　しかも『気に入った』なんて言われて！」

どうやら一連のやり取りが、恋バナ好きの上村さんセンサーに引っかかってしまったようだ。楽しそうにまくし立てられてしまった。

「深い意味はないと思うよ」

「でも、見てるこっちがドキドキしちゃいました！　雉名さんって怖いけどカッコいいですもんね！」

え？と私は目を丸くする。

上村さん、そんなことを思っていたの？　ついこの前まで、『穂積さん、穂積さん』って言ってたのに。

「ちょっと意外。上村さんって、穂積さんみたいな綺麗目な顔の人が好きなんだと思ってた」

「全然違うタイプですけど、おふた方ともイケメンですよね」

なるほど、と私は唸る。見た目や社交性などは見事なほど対極にあるけれど、確かにふたりともモテそうだ。

「雉名さんって、怖い人だと思ってたから話しかけられなかったんですが、今度話してみようかな」

上村さんは、どうやら穂積さんに代わる新たなトキメキを見つけたようで、瞳を輝かせた。

「穂積さんは最高にカッコよかったですけど、いない人のことをいつまでも考えていても、しょうがないですしね。次の出会いに目を向けないと」

上村さんのその言葉は、まるで自分に向けられているような気がしてドキリとする。

雉名さんにくしゃくしゃに撫でられた頭――昔、穂積さんにも同じようなことをされた覚えがあって、甘酸っぱい記憶が蘇る。

ずっと考えないようにしていたけれど、私、まだ穂積さんのことをちゃんと忘れられていない……。

私はぶんぶんと首を横に振って雑念を払った。

感傷に浸っていても仕方がない。仕事に集中しよう……。

雉名さんに運んでもらった段ボールに向き直り、私は仕事を再開した。

その日の夜。酔っ払って帰宅した父は、いまだかつてないテンションで意気揚々とリビングに飛び込んできた。

「澪！　喜べ！　いい話だ」

「パス。どうせお見合いでしょう？」

「それが、ものすごくいいお家柄の男性で――」

「家柄とか、私、興味ないから」

「噂によると、見た目もカッコよくて、年収も何千万らしい」

「そんな都合のいい話あるわけないじゃない。お父さん、酔っ払いすぎ」

「本当だ！　見ろ！　ちゃんとお相手の条件も聞いてきたんだぞ？」

父が手に持っているのは、お見合い写真や釣書なんかじゃなく、ただの紙っぺら。

そこに鉛筆でお相手の条件がメモ程度に殴り書きされている。

……それ、本気なの？　怪しすぎるじゃない。

「それで、今度は誰なの？」

「お父さんの会社の係長のご友人の兄の息子なんだがな」

「え？　え？　何？」

「だから、お父さんの会社の係長の兄の息子のご友人が」

「えええ……？」

言ってることが滅茶苦茶で、さっぱりわからない。やっぱり、飲みの席で適当に盛り上がっただけで、真剣なお見合いの話なんかじゃないんじゃ……。

「とにかく。係長のご紹介なんだ。断ることもできないから、とりあえず会うだけ会ってほしい」

「いや、ちょっと待って、お父さん、それちゃんと確認しないと怪し——」

「母さん、振り袖出しておいてくれないか」

「ま、待ってよ！　私、お見合いなんて行かないからね⁉」

会話がさっぱり噛み合わず、もどかしさしかない。

明日の朝になったら、お父さんも酔いが醒めて、そんな怪しいお見合いの話なんか、なくなってるはずだよね？


けれど翌日。私が会社から帰ってくると、部屋に振り袖がしっかりとかけてあって、逃れようのない現実なのだと知った。

八重菊や牡丹《ぼたん》、桜など、四季の花々がちりばめられた深紅の振り袖は、成人式に買ってもらったお気に入りの一着だ。

まさか、お見合いで使うことになるなんて。まだ当分袖を切りたくはないのに……。

もう本当に逃げる道は、ひとり暮らししかないのかもしれない。

その夜、私はベッドに座り込んで預金通帳の残高を見ながら、敷金、礼金、家具・電化製品の購入費用を電卓で弾き出して、うなだれるのだった。

一週間後。資材置き場にパソコンチェアを押していくと、喫煙所から出てきた雉名さんと鉢合わせてしまった。

「あんたさ。俺が言ったこと、覚えてる？」

「す、すみません……」

「で、今度はどの段ボールを取ればいいんだ？」

「あれです。お願いします……」

またしても雉名さんは段ボールを軽々と担ぎ上げ、総務のオフィスに向かって歩きだした。今日は前回よりも歩くペースが遅い。もしかして、ニコチンの補給が終わって気分がいいのだろうか？

「なぁ、立花さん」

「は、はい」

突然あらたまって呼びかけられ、しかも『さん』までついていることに驚く。

背筋を伸ばして返事をすると、彼は歩みを緩めることなく、私を視界の端に捉えて切り出した。

「あんた、穂積と付き合ってた？」

「へっ⁉」

思いもよらない質問に、思わず声がひっくり返ってしまった。

まさか雉名さんがこんなことを聞いてくるとは思わなかったし、何より、どうして
そんな疑いを持つに至ったのかが全然わからない。

「ど、どうしてそんなことをっ⁉」

「穂積から、よく聞かれてたから。あんたのこと」

「えっ……」

思わず胸がドクッと震えてしまったのは、穂積さんが私に興味を持ってくれていた
ことに驚いたから。

もう三カ月も前のことなのに、今でも身体が熱くなってしまうのはどうしてだろう。

「私の……何を、ですか？」

「どんな人？とか、彼氏は？とか。知らねーよって答えといたけど」

「そ、そうですよね」

そりゃあ知るはずがないよ。今まで、雉名さんと仕事以外で話したことはなかった

し、こうして、段ボール運びをきっかけにして、やっと世間話をするようになったくらいなのだから。

「穂積のヤツ、あんたのこと、興味津々だったから。あいつが本気になれば、大体の女は落ちるだろ？」

「っ……」

なんとも言えず、私はうつむいた。実際私も落とされてしまったわけだけれど、『はい』とは言えないし。

「いや、あの……誤解ですよ。私は穂積さんとお付き合いなんてしていません」

確かにちょっと……いろいろはあったけれど……結局お付き合いはしていないし、すぐにさよならすることになった。

私の困り顔を見透かして、彼はこともなげに尋ねる。

「じゃあ、寝た？」

「――っ⁉」

ギョッと雉名さんを覗き込むと、彼はニッと口の端を釣り上げ「当たりだな」と呟いた。

「あ、当たりじゃありません！　そんなわけないじゃありませんか！」

「焦ると余計に怪しいぞ」

うっとたじろぐ。多分、どんな言い訳を用意したって、彼の疑いは晴れないのだろう。そんな顔をしている。

「で、実際どうだった？　あいつ、仕事だけじゃなくてベッドの上でも凄腕なの？」

「知りません！」

ムッと頬を膨らませると、雉名さんは耳まで真っ赤になっている私に気づいたのだろうか、あははと笑った。

「……それにしても、雉名さんと穂積さんがそんな話をするほど仲がいいとは思いませんでした」

「穂積とは、よく飲みに行ってたからな」

「え⁉　雉名さん、会社の人とは飲まない主義だって噂――」

「まぁ、あいつとはタメだったし。最初は無理やり連れていかれたんだが、そのうち普通に飲むようになって」

はぁ、と私は頷く。すごいな穂積さん、こんな鉄壁マイペースの雉名さんまで、二カ月足らずで心をつかんでしまうとは。

あの人は女子だけじゃない、同性を口説き落とすのも上手だったみたいだ。

「……今は、一緒に飲みに行ったりしないんですか？」

そんな質問が口をついて出てしまったけれど、すぐに後悔した。

飲みに行っていると答えたら、どうするの？　彼のことを聞くの？　元気にしてますかって？　私のこと、何か言ってましたかって？

やだ、私、これじゃあ未練たらたらだ。

「そんな質問が出るってことは、本当に付き合ってはないみたいだな」

複雑な表情の私に、彼は苦笑いを浮かべた。眼差しが優しくて同情がこもっている気がする。

「残念ながら、最近は会ってない」

雉名さんの答えに、どこかホッとした反面、なんだかすごくがっかりして、胸の中にもやもやが広がる。

総務部へ到着し、脇に段ボールを下ろすなり、雉名さんは横に座っていた上村さんを呼び止めた。

「あんたさ。この強情女が椅子引きずって出かけたら、俺呼んでくんない？」

強情女って、もしかして私のことだろうか。確かに、また性懲りもなくパソコンチェアの上に乗っかろうとしていたけれど……。

上村さんは何を言われているのかよくわからないようで、「はぁ……」と曖昧な返事で頷く。

私が複雑な表情で雉名さんを見つめると、彼はフッと口元を緩め、私の頭を叩くように撫でて帰っていった。

それを放っておく上村さんじゃない。

「あ、また雉名さんになでなでしてもらいましたね。もしかして立花さん。とうとう雉名さんと付き合い始めましたか？」

私が雉名さんに激しくなでなでされているのを目撃して以来、上村さんは私たちの関係を疑っている。

私は「ないない！」と首をぶんぶん横に振った。

「それにほら、前に話したでしょ？　私、今、変なお見合いに巻き込まれてて」

「ああ！　超高級料亭でお見合いするって言ってましたもんね。うらやましいなー、私もそんなところに行ってみたいです」

「食べるだけなら、喜んで行くんだけどね」

当日は、きっと帯で胸を締めつけられて、全然食べられないだろう。成人式の時もそうだったから、よく覚えている。

それ以来、結婚式とか、高級ディナーとか、いっぱい食べたい時は洋装で行くって決めていたのだけれど。さすがにお見合いでがっつくわけにもいかないから、振り袖はかえって好都合だったかもしれない。

「でも、もし、ものすご〜いイケメンが来たらどうします？　それこそ、穂積さんみたいな」

「ないない。そんなに世の中甘くないよ」

だって、ちゃんとした写真も釣書も、何も見せてもらえないくらいだもの。ろくな相手じゃないだろう。

ただし、超高級料亭で行われることだけは決まっている。相手がどうしてそんな場所を指定してきたのか、謎は深まるばかりだ。

とりあえず会うだけ会って、そこから先どうするかは、私の自由にしていいって言われている。

即、断ろう。きっぱり、はっきり、結婚する気はありませんって宣言しちゃおう。

それから、ひとり暮らしを始めよう。父や母には、彼氏ができたとかなんとかごまかして。もう二度と、お見合いの話なんか持ってこられないようにしよう。

ぎゅっと拳を握りしめ、固く決意するのだった。

成婚率50%のお見合い

翌週の日曜日。振り袖とともに目いっぱい飾り立てられた私は、両親に連れられ、都内にある高級料亭へ足を運んだ。

門をくぐると竹垣に囲まれた敷石の通路が続いていて、わずかに湾曲した道の先に立派な日本家屋が建っていた。

家屋の左、竹垣の通路の反対側には広々とした日本庭園が広がっていて、池と築山、そして丁寧に剪定《せんてい》された松やもみじなどが趣《おもむき》たっぷりの情景を作り出している。

入口で着物姿の仲居に名前を告げると、通されたのは一番奥にある個室。

おそらく、日本庭園が一番よく眺められる、最上級のお部屋だ。息が詰まるほどお上品。

約束よりも三十分も前に到着してしまったのは、両親の緊張と気合いの表れである。

もちろん相手方はまだ来ていない。私たちは、下座に正座して、じわじわと迫りくるご対面の瞬間を待った。

「で、結局、その男性っていうのはどんな方なの？」

足をそわそわと組み替えながら、声をひそめて父に尋ねた。

お相手が到着する前に、足がしびれてしまいそうだ。いっそ、伸ばしてしまおうか。

しかし、そんな姿を見られようものなら、即、断られてしまいそう。

……まぁ、それこそ、希望通りの展開ではあるのだけれど、両親には猛烈にどやされるに違いない。

「会社は……総合商社って言ってたかな……？」

「相手の年齢は？」

「澪よりは年上だぞ」

「年上って、どれくらい？　なんでそんなに全部がぼんやりとしているの。結局、お見合い写真も最後までもらえなかったし」

雲をつかむような話で、どうにも怪しい。父だって、『ものすごくいい家柄の男性で』なんて言って、気合いとテンション上げまくりで訪れたわりには、お相手の情報が曖昧なのはどうして？

しかし、一般人では予約すらできないこの超高級料亭に会食をセッティングしてくれたのは、紛れもない相手方のご家族で。

それを考えると、ただならぬ相手であることには違いないのだが……。

するど、父が申し訳なさそうにうつむいて、か細い声で切り出した。

「……実はな。先方から、細かい話をまだ娘さんにしないでほしいと、口止めされていたんだ」

「え……？」

父の言葉に呆然と目を見開く。口止めって……どういうこと？

「本当は、釣書も写真もちゃんともらっている。けれど、今日この日、顔を合わせるまでは、どうしても澪には伝えないでほしいと言われて」

「何……それ……意味がよく……」

「父さんも、おかしいとは思ったんだ。だが、こんなにすばらしい方とのお見合いは、今後二度とないだろうから、とにかく、澪に会わせるだけ会わせてみようと――」

「待って、その人は誰なの……？」

ぞくりと背筋にしびれるような悪寒が走り抜けたのは、第六感というやつだろうか。

父は、フッと短く息を吐き出すと、観念したかのように肩を落とした。

「社名は、『日千興産』――昔、お前が働いていた会社だな。社長の息子さんで、現在は専務をしている。いずれ父親の跡を継いで社長となるそうだ」

サッと血の気が引き、目の前が真っ暗になった。

日千興産の専務……それって……まさか。

「……お父さん。ごめん。私、帰る」

立ち上がった私の手を、咄嗟に両側に座っていた父と母がつかむ。

「ちょっと待ちなさい！　せめて会ってから――」

「私……その人には会えない！」

ふたりの手を振り切って、部屋から逃げ出そうと奥の襖《ふすま》に手をかけた時。

外から数人の足音が響いてきて、障子に影が映った。

どうしよう、もう来ちゃったの……⁉

逃げ場をなくし一歩、二歩とあとずさった私は、立ち上がった両親に両脇を囲まれ、不自然なくらいに横一列でギクシャクと並んだ。

「失礼致します」

先導してきた仲居によって障子が開けられ、まず見えたのは、ダブルのスーツを着込んだ品のいい紳士。

そして、隣には美しいご婦人。萩《はぎ》が描かれた秋らしい鳶《とび》色の訪問着を着ている。

おそらく年齢からいえば、うちの両親とたいして変わらないとは思うのだけれど、その身に纏う洗練されたオーラが、若々しく凛《りん》として見せていた。

そしてその奥。

「……っ‼」

一八〇センチは軽く超える長身、スラッとした長い手足、見るものを惹きつける整った顔立ち。

グレーやベージュなど、柔らかな色合いのスーツを着ることの多かった彼が、今日は珍しく隙のないブラックで、身を包んでいる。

三カ月ぶりに再会した彼は、不敵ともいえる表情で静かに微笑むと、私たちに向けて綺麗な姿勢で一礼した。

「千堂柊一朗と申します。澪さんと結婚を前提にお付き合いさせていただきたく、ご挨拶にまいりました」

ギョッとして身を強張らせる私。あわあわとする両親。

彼の後ろでご婦人が口元を押さえてふふっと笑った。

「柊一朗さんてば、気が早いわ。それではお見合いではなくて、求婚じゃありませんか。まずは『本日はよろしくお願い致します』でしょう?」

隣の紳士は、ふう、と呆れたように肩を落とし、眉間にわずかに皺を寄せる。

「急なお話にもかかわらず快く応じてくださり、ありがとうございました。何ぶん、ワガママなひとり息子で、『お相手は澪さんでなければ嫌だ』と言って聞かなくて」

想像以上に乗り気をうかがわせる相手方の対応に、両親は混乱を極めた。

「と、とんでもない。こんなふつつかな娘を気に入ってくださるなんて、お心の広いご子息様で……！」

「こんなに光栄なお話はございませんわっ」

ペコペコと頭を上下させて、早くもごますりモードだ。

「結婚を勧めても、のらりくらりとかわすばかりだった息子が、この年齢になってとうとう身を固める意思を見せてくれた……私としては、ぜひとも前向きに進めてもらいたい」

紳士――彼のお父様の声には力が込められている。

横のご婦人――おそらく彼のお母様であろうその女性は、なだめるようにお父様の背中を撫でた。

「あら。聞けば、すでに澪さんとは交際を始めているそうではありませんか。なんの心配もないと、わたくしは思っていますよ」

緩やかな口調で、さらりととんでもも発言を投げかける。

ちょっと待って。『交際を始めて』だなんていない！

話を聞いた両親の顔色が、途端に変わった。

「澪、そうだったのか⁉ お付き合いしている人がいるなら、なぜ言わないんだ！」

「こんな素敵な方とお付き合いさせてもらってるの⁉」

てんやわんやの質問攻めで収拾がつかない。

こんな事態になってしまって、どうしてくれるの⁉と涙目で彼を睨むと、元凶の彼は私の視線を軽やかにスルーして、うちの両親に向けて愛想よく微笑んだ。

「詳しいお話は食事をしながら。ささやかながら、おもてなしのご用意をさせていただきました」

彼に促され、私たちは座敷の奥へと通される。

あっという間に目の前が、超豪華会席料理で埋め尽くされた。

「お飲み物は」と聞かれた彼のお父様が、「一番いい日本酒を」と答えて、運ばれてきたのはヴィンテージものの大吟醸。

父は嬉しそうにしながらも、あまりの好待遇についていけず、若干引きぎみ。値段は恐ろしいので聞けないし、聞いたところで当然ながら教えてもらえないだろう。

「気にせず、なんでも頼んでください」と勧められ、両親は恐縮しきりだ。

「偶然仕事でお見かけした澪さんにひと目惚れをして、お食事にお誘いしたのがきっかけです。しかし澪さんは、私の素性を知ると、距離を置くようになってしまいました。身分の違う私たちに、未来などないだろうと……」

唐突に馴《な》れ初め——しかもちょいちょい盛られている——を語り始めた彼に、一同、無言で耳を傾けた。

私も食べることを忘れて、思わず聞き入ってしまったくらいだ。何しろ、まるでドラマに出てくる引き裂かれた恋人同士みたいに、ロマンティックに脚色されているのだから。

しかも、素性を知って距離を置いたってあたりは、彼の推論だろうが、おおむね当たっていて恐ろしい。

神妙な面持ちで頷いている両親に、どう弁解すべきか、悩ましいところだ。

「私が真剣に将来を考えているということをどうしても澪さんにお伝えしたくて、お見合いというかたちを取らせていただきました。ご両親には突然のことで驚かせてしまい、なんとお詫《わ》びしたらよいか」

「いえいえ、そんな、お詫びだなんて」

「よかったわね、澪。こんなに素敵な男性と巡り合うことができて……」

作り込まれた感動的な馴れ初めを真に受けて、もはや母は涙ぐんでしまっている。

こっちが泣きたいくらいだよ。この三カ月、私がどんな思いで彼のことを忘れようとしたことか。

それが突然、こんなかたちで姿を現して、お見合いを仕掛けてくるなんて。

「あの、私たちは、特段、交際というような交際をしていたわけでは」

私の反論に、すかさず彼が口を挟む。

「ええ。純粋にお食事を楽しむような〝清い交際〟をさせていただいておりました」

き、清い？　ま、まぁ、両親の前じゃそう言うしかないよね。でも、一回食事をしただけでは、交際とも言いがたいんじゃない？

「いえ、私が言いたいのは――」

「〝清い交際〟に、何か不満が？」

彼が〝清い〟の部分にアクセントをつけて、ニッコリと笑って爆弾を投下した。

いや、〝清い〟に不満なんかない。むしろ、そこはクローズアップしてくれなくてかまわない！

けれど、周囲は完全に会話の裏を察し、私の両親は真っ赤になってあわあわしているし、逆に向こうのご両親は蒼白になっている。

「本当に申し訳ありません！　うちの息子がっ」

「い、いいえ、当人たちも、もう大人ですし、同意のうえであればそういうことも……」

ああ、どうしてこんな破廉恥《はれんち》な展開に。

私が額にパシンと手を当てると、彼はその正面で勝ち誇ったように笑みを浮かべた。まるで、おとなしく俺に話を合わせろと言わんばかりの顔だ。

危険すぎる。彼をこのまま野放しにしておいたら、次は一体、何を言いだすかわからたものじゃない。『責任を取る』とか言われちゃった日には目も当てられない。

彼が何を企んでいるのか、はっきりさせておかなくちゃ。

そして、可能な限り口止めをしなくては。特に、清いか清くないかのあたりについては、これ以上触れられては困る……！

「少しふたりきりでお話できませんかっ！」

いきり立って腰を浮かせた私に、彼も微笑みながらゆっくりと立ち上がる。

「もちろん、かまいませんよ。……少々席を外してもよろしいですか？」

双方のご両親から、行ってらっしゃいと背中を押されて、私たちは個室を出た。

彼は私を連れて外に出ると、庭園をぐるりと回り、家屋から少し離れたひとけのない場所まで歩みを進めた。

回遊式の日本庭園で、中央には大きな池があり、その周囲は石組みがされている。もみじ、老松などの植栽のほか、灯籠や手水鉢《ちょうずばち》などの人工物に彩られ、その合間を縫うように敷石や小橋をあしらった散策路が敷かれていた。

都内にこれだけ整備された広い庭園は珍しい。来る前に調べたのだが、大富豪のお屋敷の跡地を使って料亭を営んでいるとか。

完全にふたりきり、周囲に誰もいないことを確かめて、私は意を決した。

「……穂積さん。一体どういうつもりでこんな――」

「その名前はもういい。柊一朗と呼んでくれ。その着物、綺麗だね。よく似合ってる」

「ご、ごまかさないでください」

私が彼の正体に気づいていたことを、彼は知らなかったはず。なのに、悪びれもせず堂々と身分をさらけ出してきた。

しかも、両親まで巻き込んでお見合いだなんて。混乱するなというほうが無理だ。

「わからないことだらけです。あなたのことも、どうしてこんなことをするのかも」

「それはもちろん、澪が俺の前からもう逃げ出さないようにするためだ」

「……私は三カ月前、あなたにちゃんとさよならを告げたはずです」

過去を暴かれるのが怖くて自分から身を引いたのに。まさか追いかけてくるなんて。

「澪が俺とさよならをしたのは、俺が日千興産の役員であると気づいたからだろう。日千興産は君にとって、嫌な記憶の象徴だから」

ドクン、と鼓動が大きく鳴る。彼、もしかして、全部知ったうえで……。

「気づいてたんですか……？　私のことも……？」

「澪がうちで働いていたことは知っている。退社した経緯も」

知られていた。私のこれまでの行いを、全部知って……。

ぐらりと眩暈《めまい》がして、足元がふらついた。彼は「大丈夫？」と私の手を取り、木組みのベンチまで私の手を引いていって座らせてくれた。

その隣に彼も座って、そっと背中の、帯下のあたりに手を添えて支えてくれる。

「察しはついていると思うけれど、『穂積柊二』という人物は存在しない。『千堂柊一朗』、それが俺の本名だ。日千興産の専務をしている。いずれ父の跡を継ぐ予定だ」

「……専務というのは知っていました。社長の息子さんだとは思いませんでしたが」

「隠していてすまなかった」

殊勝な態度に、胸がぎゅっと締めつけられる。それを言ったら、隠そうとしたのは私のほうだ。

「……嫌われると思っていました。私の素性が知られたら——」

「君は何も悪いことはしていないじゃないか。非があるのはこちらのほうだ。日千興産を代表して謝罪するよ。うちの幹部たちが、君に失礼なことをした」

「え……？」

驚きに目を見開く。どうして彼が謝るの？　私は過去に、日千興産に大きな損害を与えようとしたのに。

当時の私がしたことは、経営者である彼や彼のお父様からすれば、許しがたいことだったと思う。むしろ、どうして彼らが平然とした顔で私と向き合っているのか、不思議でならないくらいだ。

「いいんですか？　だって、私、あなたの会社であんな事件を起こしてしまったのに……」

「君は何も悪くないだろう？　少なくとも俺は、君が間違っていただなんて思っていない」

「でも……」

私を見つめる、彼の眼差しは優しい。とても嘘をついているようには見えないし、私に対して嫌悪感を抱いているようにも思えない。

……本当に、私が悪くないと思ってくれているの……？

予期せず胸の中が熱くなって、トクトクと鼓動が高鳴った。彼に嫌われなかった、そう安堵している自分がいて。

でも、ちょっと待って。彼が本当にそう感じていたとして、彼のお父様はどう思っているの？

彼がその事実を知っているということは、当然、社長であるお父様も知っているのだろう。息子のお見合い相手が、過去にあんな騒動を起こした首謀者だったなんて、受け入れがたいはず。

「あなたがそうは思わなくても、お父様は違うんじゃ……」

「父は君の顔を知らないよ。あの事件に直接かかわっていない。せいぜい事後報告を受けた程度だ」

「でも、事実を知ったら――」

「知られたとしても、俺の選んだ女性に、文句なんて言わせない」

私を安心させようとしてくれているのだろうか、彼は控えめに微笑んで、私の肩に手を置く。

「その件に関しては、いずれちゃんと話し合いたいと思っていたんだ。だが、まず俺が君に結婚を申し込んでいるのは、その件とは無関係だとわかってくれ」

　彼のあまりにも真剣な表情が目に入ってきて、怯んでしまった。

　鼓動がドクドクと不穏な音をたてている。私は胸の前できゅっと手を握って息を呑《の》んだ。

「確かに、俺が君を知るきっかけになったのは、二年前のあの事件だった。偽名を使ったのは、『千堂柊一朗』として君の前に立ったんじゃ、勝算がないと思ったからだ。こんな肩書きじゃ、避けられるのは目に見えている。先入観を持たれずに、ひとりの男として見てもらうためには、別人に――『穂積柊二』になるしかないと思った」

　そして、私は彼の期待通り、『穂積柊二』に恋をした。ふたり、身体を重ね合い、これからも関係が続いていく……はずだった。

　そこで私が彼の正体に気づいて逃げ出してしまったのは、誤算だったのだろう。

　もしも、あのまま関係が続いていたら、いずれは正体を打ち明けてくれるつもりだったのだろうか。

「もちろん、澪を口説き落とすためだけに、新海エレクトロニクスに籍を置いていたわけじゃない。見聞を広めるために他社に身を置き、様々な職種や経営方法に触れて自分を磨く。これ自体は、千堂家が代々推奨してきたことなんだ。こうして歴代の当主たちも、広い視野や柔軟な考え方を身につけてきたらしい」

複雑な表情でうつむく私の手を取り、彼はおもむろに立ち上がった。

私の手を引いて、庭園の景色を眺めながら、一歩、二歩と芝生の上の敷石を踏みしめる。

振り袖の私が転ばないように、たまに私の足元に目をやって、歩きやすいように気を配りながら。

「ツテを辿って新海エレクトロニクスの社長に話を通した。『私が大手企業の重役であるということは内緒で、就業経験を積ませてください。もちろん、こき使ってもらってかまいません』とね」

わずかに口元を緩ませて、彼が語る。

思わず足を止めたその頭上には、紅と緑のもみじの葉。紅葉の季節が近づき、梢《こずえ》の先端だけが紅く色づき始めている。

「君の会社で働く二カ月間は、発見の連続でとても楽しかったよ。大手企業と違って役割が分業されていない分、ひとりでなんでもやらなくちゃならなくて、とても勉強になった。自分のやりたいようにやらせてもらえたから、やりがいもあったよ。ずっと働きたいくらい居心地がよかった」

清々しい表情で語る彼は、嘘を言っているようには見えない。どうやらうちの会社での仕事を本当に楽しんでいたみたいだ。

次期社長のエリートが、一営業として駆けずり回ることなんて、今までなかったはずだ。きっと、やることすべてが新鮮に感じられたに違いない。

「それから、君とのオフィスラブも楽しかったしね」

「そ、そんなの、してません」

「俺はしてたよ。毎日、君との距離を測ってた。今日は昨日よりも笑ってくれたとか、差し入れは何が喜んでくれるかなぁとか」

不覚にもドキリとしてしまって、恥ずかしさにうつむいた。そんな甘酸っぱい話を真正面からされるとは思っていなかったから、心が油断していた。

本当に？　私のことを、純粋に好きだと思ってくれていたの？

泣きそうな顔で見上げると、彼はフッと微笑んで、眉尻を下げた。

「澪との再会に見合いというかたちを取ったのは、俺の誠意だと思ってくれ。澪と本気で向き合う覚悟があると伝えたかった。決して軽い気持ちや一時的な感情じゃない」

私の手を持ち上げ、そっと口づけを落とす。

手の甲に触れた彼の唇の感触に、かき立てられるように胸が苦しくなって……。

「俺のそばにいてほしい。澪、結婚してくれ」

射抜くような鋭い眼差しに、私は動くこともできない。

心がグラグラと揺れ始め、吸い寄せられるようにして一歩を踏み出すと、彼は私へと手を伸ばし、そっと身体を包み込んだ。

「君にさよならを告げられたあと、わけがわからなくて、しばらくショックで何も手につかなかったよ」

「……ごめんなさい。あの時は、とにかく混乱していて……」

「俺はてっきり、ベッドでの相性が合わなくてフラれたのかと思った」

「そ、そんなんじゃありません！」

「よかった。俺自身が嫌われていたわけじゃなくて」

心底安堵の声を漏らして、私の首筋に顔を埋める。

三カ月ぶりの、彼の温もり。愛おしくて、切なくて、胸が張り裂けそうだ。

ずっとこうしてほしかったのに、自分から遠ざけた。そのフラストレーションが鬱積して、今でも自分の首を絞め続けている。

「もう逃げないでくれ。俺と向き合ってほしい」

さぁっと風が吹いて、頭上でもみじがさわさわと音をたてる。紅と緑が揺れて、混じり合う複雑な色合いは私の心を表しているかのようだ。

プロポーズをしてもらえるなんて、正直言って夢みたいだ。私の心は三カ月前のあの日、彼に落とされたままなのだから。

でも、突然結婚なんて言われて、受け止められる……？

しかも相手は、いずれあの大企業の社長となる人。

私と彼の繋《つな》がりは、たった一日しかない。食事をして、夜をともに過ごして、それだけなのに。この先一生添い遂げるだなんて、誓える？

困惑して何も言えずにいると、彼が私の後頭部に手を置き引き寄せた。

彼の胸に耳をつけて、ドクドクと昂る鼓動を聞かされて、蘇ってきたのは、彼に抱かれたあの日の記憶。

私の鼓動までドクドクと高鳴り始めて、否応なしに頬が熱くなる。

「ねぇ澪。必ず君をその気にさせてみせる。絶対に君と結婚するよ」

そんな宣言をされるも、彼の熱量と媚薬《びやく》のように漂う香りに負けて、今にもＹＥＳと言わされてしまいそうだ。

「……澪。今、俺への気持ちはどれくらい？　俺と結婚する確率は、澪の中で何パーセント？」

不意に尋ねられ、「え？」と顔を上げる。突然数字を聞かれて混乱した私は、ぐるぐると頭を巡らせた。

彼のことは好きだけれど、でもすぐに決断する勇気なんてない……。

「え、ええと……五〇パーセント……?」

どちらに転ぶかわからない、フィフティ・フィフティ。

すると彼は満足げに頷き、上々だね、と微笑んだ。

「一度のデートで五〇パーセント上昇か。じゃあ、もう一度デートをすれば一〇〇パーセントになるって計算だ」

「え!?」

無茶苦茶な理論を振りかざされてギョッと目を丸くする。私、そういう意味で言ったわけじゃあ……。

「あと一回のデートで必ず澪を落としてみせる。嫌でも俺から離れられないようにしてみせるよ」

耳元に囁きかけられて、たまらず頬が赤く染まった。

絶対の自信。強引な性格は、三カ月前から変わっていない。

今、目の前にいる『千堂柊一朗』は、あの日、私がすべてを捧げた『穂積柊一』と名前と肩書きこそ違えど中身は一緒で。

「……もしかしたら、五〇パーセント下がって、ゼロになっちゃうかもしれませんよ……？」

「澪の場合は、いざとなったら美味しいものをちらつかせれば、五〇パーセントくらいすぐに上がりそうだから」

「なっ……！　私、そんなに食いしんぼうじゃありませんから！」

バッと顔を上げると、彼がうっとりと私を見下ろしていて、毒気を抜かれてしまった。そんなに嬉しそうな顔で見つめられると、あしらうこともできなくなってしまうじゃないか。

「……澪」

艶めいた声で私の名を紡ぎ、宝物のように抱きすくめる。胸の奥底をくすぐられて、たまらず彼の身体を抱き返してしまった。

身体を触れ合わせる心地よさを思い出してしまい、これ以上意地を張り続けることもできなくなってしまって……。

「……わかりました……デート一回で……ちゃんと落としてくださいね？」

渋々呟くと、彼は柔らかく目を細めて私の手を取り、その甲に、指先に、手首に、何度もキスを落とす。

もう私は恥ずかしすぎて、真っ赤になって目を伏せるしかできなかった。

約束を交わしたあと、ふたり揃《そろ》って両親のいる個室へと戻った。

戻るなり、彼は「結婚を前提に澪さんとお付き合いさせていただきます」と、畳に手をついて頭を下げた。

双方の両親はもちろん、私自身も度肝を抜かれてしまって。

もしかして、先に親を口説き落とす作戦なの……？

両親は「こちらこそふつつかな娘ですが」と低頭するし、向こうのご両親は結婚にすっかり乗り気で安堵の表情を浮かべている。

「あの……ちょっと待ってください、あくまで、まずはお付き合いから……」

私の制止なんて、誰も聞いてくれなくて、両家の間にはすっかり成婚ムードが漂うのだった。

最高の贅沢？

二週間後の日曜日。秋も深まり寒さが増して、そろそろ紅葉も見頃を迎える。

一度だけのデート、そう約束を取りつけた彼は、この日、私の実家まで車で迎えに来てくれた。

財閥の御曹司であることが発覚し、もしかして乗車が躊躇《ためら》われるほどの高級車で迎えに来るのでは、と恐れていた私だったが、彼が運転してきたのはごくごく普通の国産車。

とはいえ、お値段はそれなりにする普通車の中でも最上級。センスのよさがうかがえる。

「澪がお望みなら運転手付きのリムジンでもいいけど。そういうのは、嫌いだろう？」

運転席から降りてきた彼が、助手席側へ回り込み、ドアを開けてくれる。

私はこくこくと頷きながら、安堵した。

よかった、そのあたりの価値観は理解してくれているみたいだ。

お見合いのあと、あらかじめもらっていたという柊一朗さんの釣書と、父からの情報を照らし合わせて愕然とした。

どうやら彼の年収は何千万という単位では収まりがつかないらしい。日千興産の専務としての給料だけでなく、株式投資をはじめとした資産運用を手広く行っており、気がつけば収入が増えているのだそう……。

そしてネットで彼の実家の住所を検索し、その広大な敷地面積に青ざめた。想像以上の大富豪。きっと毎日フルコースを食べているんだ、いやいや、家にお抱えのコックがいるに違いない、メイドや執事もたくさんいて、指をパチンと鳴らせば飛んでくるのだろう。

休日はゴルフ三昧、いや、もしかしたらクルーズかな？　大きな船のひとつやふたつ持っていて、下手したらヘリや自家用ジェットも……。

なんて、父とふたりで妄想しながら、庶民には想像もつかないセレブ生活に震え上がった。

そんな風に、さんざん脅されて、今この場に立っているわけだけれど……。

冷静になって考えてみたら、彼は、うちの会社に潜り込んで、誰にも疑われずに派遣社員を演じていた経験のある人だ。

平凡も、贅沢も、私が何をよしとするかも、きちんと把握しているのだろう。

普段は贅沢をしているのかもしれないけれど、その気になれば合わせられる、柔軟な人なんじゃないか——と思いたい。

「ちょっと悩んだんだけどね。澪に最高の贅沢をさせて足を洗えないように躾《しつ》けてしまおうかって。でも逆に、澪はそういうの嫌がりそうだから、王道デートで直球勝負することにした」

　私はぶんぶんと頷く。最高の贅沢って……それはそれで気になるけれど、きっと知らないほうがいい。

　つまり、今日は王道デート？　よかった、王道……でも彼の王道ってなんだろう？

ピカピカに磨かれた車に乗り込み、早くもドキドキと鼓動を高鳴らせる。

ずいぶん綺麗だな……あれ、もしかして、新車？

「まさか、今日に合わせてわざわざ車を買い足したとかではないですよね……？」

「もともと俺が使っていた車だよ。小回りが利いて気に入っている。ふらっと出かけるにはこれくらいがちょうどいい。……それとも、フェラーリやロールス・ロイスに乗っててほしかった？　まぁ、持ってるけれど」

「持ってるんですか⁉　車、何台所有してるんですか……？」

「仕事柄必要だったり、もらえたりするんだよ。訪問先の系列会社に合わせて、車種を変えなきゃならないしね。次はもっといい車でドライブデートしてみる？」

「い、いいえ、周りにジロジロ見られるのは嫌ですし」

「同感」

まずひとつ、価値観を共有できたことにホッとして、車に乗り込んだ。

「どこに行く予定なんですか？」

デートの行き先はまだ教えてもらっていない。すべて彼に任せている。

「秋だし、そろそろ紅葉も見頃だから、もみじ狩りに行こうかと――」

「いいですねぇ」

「と思ったんだけど、この時期、ものすごく混んでるだろうから、行くならヘリかなって」

「へ、ヘリ⁉」

いきなりのセレブ発言にあっけにとられてしまった。

デートでヘリまでチャーターしちゃうんですか？ それとも、もしかして自家用ヘリ⁉ 実はあの実家の広い敷地内にヘリポートまであったりするんですか⁉

喉のあたりまで出かかった疑問をごくんと呑み込んで、平静を保つ。

「渋滞は金と権力でどうにもならないからな」

「い、いいです！　わざわざもみじ狩りのためにヘリなんて使わないでください！」

「上空から眺める紅葉も、素敵だとは思うよ」

「それは重々承知ですけどっ……！　大体、今日は『王道デート』コースの予定じゃなかったんですか⁉　そっちは『最高の贅沢』コースですよね⁉」

私の慌てる様子を彼は楽しげに眺めている。もしかしたら、困らせて遊んでいるだけなのかもしれない。

「……まぁ、そう言われるんじゃないかと思って、普通のドライブプランも用意しておいたよ」

「ぜひ、そっちでお願いします」

価値観の違いをまざまざと見せつけられるも、とにかく、ヘリデートを阻止できてよかった。

「やっぱり澪を釣るなら、肉だよね」

「肉……？」

「花より団子、紅葉より肉だろう？」

「なっ⁉　だから、私、どうしてそんな食いしんぼうキャラになってるんですか！」

「スイーツを差し入れすると、いつも嬉しそうにしていたし。フレンチに行った時だって、モリモリ食べてたじゃないか。澪を落とすなら食べ物だろう」

「……もしかして、一日で私を落とすって、餌づけするつもりだったんですか……？」

結局彼は、ベイエリアにあるオシャレな装いのレストランに連れていってくれた。

内装は地中海風。テラス席に出ると、正面には東京湾が広がっており、レインボーブリッジを望める。

バーベキューができるそうで、テーブルに鉄板が備えつけてあり、豪華な厚切り肉と魚介が運ばれてきた。

「うわぁ、美味しそうなお肉！」

「やっぱり澪は肉だった」

「仕方ないじゃないですか！　これを見てテンション上がらないほうがどうかしてますよ」

私と柊一朗さんは、鉄板を挟んで対面に座った。

最初は店員さんがつきっきりで食材を焼いてくれていたのだが、彼はふたりきりになりたいからなんて言って、店員さんを追っ払ってしまった。今では自分でトングを持って焼いている。

鉄板に並べられたぶ厚いお肉をひっくり返すのは、彼の役目。私はお皿を抱えて、ひたすら待つのみ。

「そろそろ焼けたんじゃないですか」

「いや、さすがに早すぎるだろう」

「柊一朗さん、結構神経質ですね」

『良質な牛肉だからレアが美味しいですよ』と、さっき店員さんが言っていたのだ。

私が箸を伸ばすと、コラコラとたしなめられてしまった。

「ちゃんとほどよく焼いてあげるから、いい子にして待っていなさい」と、彼は表面をしっかりと焼いて私のお皿に置いてくれる。

「澪は大雑把すぎ。お腹壊すよ？」

ちょっとウェルダンすぎじゃない？とも思ったけれど、いざ食べてみると真ん中はまだしっかりと赤く、ほどよい焼き加減で、なるほどちょうどいい、と唸る。

「柊一朗さん！　これ、すっごく美味しいです！　食べてみて！」

私が先に大きなお肉を取ってしまったから、彼の分が後回しになってしまった。

何も食べずに焼かせるのもかわいそうなので、私のお肉を半分切って、彼のお皿に置いてあげる。

「あーん、してくれないの？」

「ちゃんと自分で食べてくださいよ」

「肉焼いてるから、手が塞がってるんだよ」

「言うほど忙しくもないじゃありませんか……仕方ないですね」

肉番は手を動かすよりも見ているほうが断然長く、『あーん、して』は便乗して甘えているだけ。

でも……まぁ、焼いてもらっているわけだし、そっけなくあしらうのもかわいそうかも？

私は仕方なく、彼のお皿のお肉をさらに細かく切り分けて、あーんと開けられたお口に放り込む。

彼はもぐもぐと咀嚼《そしゃく》しながら「確かに。これは美味い」と目を輝かせた。

調子に乗ったのか、もう一度口をあーんと大きく開けて、雛鳥のごとくお肉を待つ。

少々面倒くさくなって、少し大き目にカットしたお肉を口に放り込むと「雑！」と文句を垂れた。

それでも美味しかったようで、もう一枚、同じお肉を鉄板へ並べている。

テラス席は、十一月の風がちょっぴり肌寒いけれど、今日はちょうど陽が出ていてポカポカと暖かいし、お店のブランケットを借りたら寒さも気にならなくなった。

「ああ。ビール飲みたいな」

そんなことをこぼしながらも、彼はノンアルコールで我慢する。

確かに、このお肉にビールがあったら最高だ。私も飲みたいけれど、このあと車の運転を控えている彼に気をって一緒に我慢だ。

「私だって耐えてるんですから、文句言っちゃダメです」

「失敗したな。運転手を呼ぼうか」

「そういう考え、嫌いです。じゃあ、次に来る時は電車にしましょう」

「……次も一緒に来てくれるの？」

むぐっとお肉が喉につっかかって、慌ててグレープフルーツジュースで流し込んだ。

彼とは、『デート一回』という約束だった。これじゃあ、早々に私が白旗を上げたようなもの。

「つ、次はひとりで来ちゃおうかなっ！」

「ひとりでバーベキュー？　すごく寂しいと思うよ」

「じゃ、じゃあ、上村さんを連れてきます！　それから、雉名さんとか……！」

「雉名？」

びっくりして、彼が目を丸くする。私も、ついつい出してしまった名前に、思わず

「あ」と呟いた。

「それ、どういうこと？　澪、雉名と仲良かったっけ？」

「え、えと、最近、ちょっと話すようになって」

「何それ。俺がいなくなった途端、雉名と親しくなったの？」

ずいずいっと彼が私に詰め寄ってきた。何その反応。真顔で怖いんですけど。

「……その、資材置き場で……椅子の上から落ちるところを、雉名さんに見つかって」

「また落ちたの⁉」

「だ、大丈夫です。雉名さんがちゃんと受け止めてくれましたから」

「雉名、澪に触れたの？」

彼の声は明らかに不機嫌で、目は完全に据わっていた。

触れるっていったって、支えてもらっただけなのに。雉名さんが私に触れることが、そんなに嫌なのだろうか？

「で、でも、柊一朗さんがいないから、ほかに頼れる人もいなくて」

「だからって、どうしてよりにもよって雉名なの」

「……その……俺を呼べって……言われたので」

私の返答に、彼は呆れたように大きなため息をついて、額に手を当てた。

「澪。わかってる？　それ、口説き文句だよ？」

肉用のトングを突きつけられて、ギクリとする。

いや、まさか。雉名さんが私を口説くわけないじゃない。

「それはないですよ。雉名さん、私と柊一朗さんが付き合っているんじゃないかって疑ってましたから」

「……まぁ、そうだろうね。俺が手を出すなって、牽制しておいたから」

牽制？　何それ、聞いてない。柊一朗さんと雉名さんの関係がよくわからなくなってきた。

「柊一朗さんと雉名さんは、飲み仲間なんですよね……？」

「ああ。仲良くさせてもらってたよ。年齢が同じこともあって。だからこそ、雉名がどれだけ危険か知ってる」

「危険？」

私が首を傾げると、彼はホタテやサザエ、ハマグリを鉄板に載せながら眉間に皺を寄せた。

怒っているところ悪いけれど、そのホタテ、すごく美味しそう……。

肉でお腹も膨らんできたし、そろそろ魚介が恋しくなる頃だ。

「雉名、結構顔がいいでしょ」

「はぁ、まぁ」

「そのうえ、ぶっきらぼうなクセに親切なところがあって」

「ああ、なんだかわかります」

「澪は、押しが強い人に弱いみたいだし」

「……えっ⁉　いや、そんなことは……」

「大体、俺は澪と普段離れているけれど、雉名は毎日一緒にいるわけだろ。それだけで有利だ」

「……まさか、雉名さんに嫉妬しているんですか?」

「今さら気づいたの?」

彼はおもむろに立ち上がると、私の正面の椅子から斜め横の椅子に移動してきた。身体をこちらに傾けて、私の髪に手を伸ばす。思わずホタテの存在を忘れてドキリとしてしまった。

「雉名のことは興味ないって言って」

「……雉名さんのことは、興味ないですよ。本当に」

「あと、俺のこと、愛してるって言って」

「えぇ……っ！　それは関係な──」

「澪」

彼は椅子から上半身を乗り出して、私の後頭部に手を滑らせた。そのまま、ぐいっと顔を引き寄せて、唇の距離を近づける。

「しゅ、柊一朗さ……」

「澪。目を閉じて」

真剣な眼差しに、思わずドクドクと鼓動が高鳴る。

彼の本気顔に弱い。胸の奥がグラグラと揺れて、キスを拒むことすら難しい。

吸い寄せられるように近づいていく唇の距離。

わずかに躊躇い、フッと視線を漂わせると。視界の隅っこで、鉄板の上のハマグリがパカッと口を開けた。

「ハ、ハマグリが焼けました‼」

「……え？」

彼の視線が鉄板へ向く。その隙に、私はサッと彼から距離をとった。

逃げられたことに気づいた彼は、不服そうな顔でハマグリに醤油《しょうゆ》を垂らす。

「とにかく、雉名と接触禁止」

「……はぁ」

雉名さんに二回ほど頭を撫でられたことを思い出し、これがバレたら柊一朗さんはさぞ嫌な顔をするだろう、と苦笑した。とにかく、彼の前で雉名さんの話題はもう切り出すまいと、しっかりと胸に刻み込む。

「はい。お待ちかねのハマグリ」

「うわぁ、美味しそう」

「……キスより食欲か……」

「はい？　何か言いました？」

「なんでもないよ。ほら、サザエとホタテももう焼けてる」

「いただきま～す」

パクリとひと口。食感が最高だ。ああ、本当にビールが飲みたくなってきちゃう。

「本当に、食べてる時は幸せそうだねぇ」

感動的な美味しさに頬を押さえる私を、彼は呆れたように眺めるのだった。

のんびりと昼食を楽しんだあと、私たちは再び車に乗り込んだ。

「今度はどこへ行くんですか？」

「水族館」

「えっ？」

ギョッと運転席の彼を覗き込む。混雑が嫌だという理由でもみじ狩りを断念したのに、もっと混雑していそうな水族館に行くの？

「大丈夫ですか？　休日の水族館こそ、混雑率一二〇パーセントかと思いますけど」

「大丈夫。そこはちゃんと、権力を使わせてもらったから」

「権力……？」

彼の意味深な笑みに嫌な予感がした。もしかして、また途方もないセレブデートを提案してくるんじゃ……。

おっかなびっくり様子をうかがいながらも、辿り着いた先は繁華街のど真ん中、巨大高層ビルのフロア五階分を使って建設中の水族館だった。

オープンは一週間後で、まだ客は誰もいない。ビルの入口にある券売所もロープが張られており、いざフロアに辿り着けば、一般客が入れないようにパネルで仕切られている。

「柊一朗さん？　これって……」

「少し待っててもらえる？」

彼が電話をかけ始め、短く通話を終えると、すかさず業務用通路からスーツ姿の男性が出てきて、『お待たせ致しました』と柊一朗さんへ頭を下げた。

「ようこそお越しくださいました、千堂様。ご案内致します。どうぞこちらへ」

男性は私たちを連れて業務用通路へ入ると、警備員が常駐するゲートで関係者用のパスを二枚受け取り、私たちへ手渡した。

「一週間後のオープンを控え、工事はすべて完了し、海洋生物たちの搬入も済みました。あとは、従業員の研修と最終調整を行っています。中をご案内致しましょうか？」

男性は私の姿をちらりと確認しながら遠慮がちに言う。

「いえ。不要です。こちらで好きに見学させてもらいます」

「では、ごゆっくりご覧ください」

男性は私たちを入口まで案内してくれた。ネオンカラーで彩られたアーチの上部に『東京サンライト水族館』――この水族館の名前が刻まれ、その先に順路の矢印が伸びている。

「十八時から奥の会場でイルカのナイトパフォーマンスの通しリハーサルを行いますので、よろしければぜひ」

「ありがとうございます」

男性は軽く一礼して、脇にあるスタッフルームと書かれた扉の中へ入っていった。

「柊一朗さん……これは」

「うちの会社がこの水族館のスポンサーをやっているんだ。もうほぼ完成しているらしいから、進捗の確認と称して見学させてもらおうと思って」

柊一朗さんはあたりを見回して、ミッドナイトブルーに青白いLEDライトを埋め込んだ壁に手を触れた。

ふんわりと光を反射するその壁面素材は、一帯を淡く照らし出していて幻想的だ。

その出来に満足したのかニッコリと笑う。

「もみじ狩りは無理だったけど、水族館なら貸し切りにできるからね」

言うなり、彼は私の右手を取って、柔らかな光の通路を歩き始めた。

「しゅ、柊一朗さ――」

突然手を握られたことに驚いて、彼を呼び止めるけれど。

「見て、可愛い魚」

「え？　あ、本当ですね」

ライトアップされたカラフルな南国の魚たちと珊瑚《さんご》に気を取られて、何を言おうとしていたのかスコンと頭から抜けてしまった。

「この水族館へ出資するにあたって、うちの会社から何点かオーダーを出させてもらったんだけど、執行役員たちが好き勝手に注文つけるから、まとめるのが大変だったんだ」

そう言って彼は、可愛らしい魚たちを眺めながらも、当時の苦労を思い起こすようにため息をついた。

「大人用のナイトアクアリウムを作れとか、子ども用のタッチプールが欲しいとか。相談役の孫のために危険生物コーナーも作ってくれとか。ビルの中で、ただでさえ敷地が限られているっていうのに、副社長が展示予定のなかったマンボウまで加えたいと言いだして」

「いいじゃないですか、マンボウ！　可愛いですし」

「繊細で、飼育がすごく難しいらしいんだ。特注の設備も必要だし。奥の専用水槽にいるよ」

柊一朗さんが私の手を引っ張って通路を進んでいく。気がつけばふたりの指と指は、きゅっと強く絡んでいた。

青白いライトに照らされて微笑む彼が、いつもよりちょっぴり優しく、頼もしく見えて、不思議と穏やかな気持ちになっていく。

しばらく進むと、天井が丸ごと水槽で囲まれたマリントンネルがあって、私たちふたりの周りを、群れを成した回遊魚が優雅に泳いでいった。

「うわぁ、エイのお腹、笑っているみたいで可愛いですね！」

「本当だ。なんだかちょっと澪に似てない？」

「え⁉　なんですかそれ、ひどくないですか⁉」

「自分で可愛いって言ってたじゃないか」

「じゃあ柊一朗さんはこれです。サメ。お高くとまってる感じが」

「俺も可愛いやつがいいな……さっき砂から顔を出してたアレとか」

「まさかチンアナゴ⁉　あはは、柊一朗さんはそんなに可愛くないです！」

進んでいくと、順路の奥にイルカのプールが見えた。その先には、パフォーマンスで使うドルフィンスタジアムがあるようで。

「もうすぐ十八時だね。見に行こうか」

私たちはスタジアムに入り、プールを円形に取り囲んだ客席の、真ん中あたりに座った。関係者も立ち会うらしく、広々とした客席にぽつぽつとスーツ姿や作業服姿の人影が見える。

ちょうど時間になり、スタジアムのライトが落ちる。と、同時に流れてくる優美な旋律。天井から水がカーテンのように流れ落ち、色とりどりの照明が当てられて、神秘的な色合いを映し出す。

「わぁ、綺麗！」

「プロジェクションマッピングを使っているんだ。映像は季節に合わせてテーマを変えている」

水面に映し出されたのは、螺旋《らせん》を描くようにして舞い散る紅い木の葉――もみじだ。

「素敵……もみじの滝みたい……」

「ここなら、のんびりもみじ狩りできるでしょ？」

柊一朗さんが隣でふんわりと微笑む。結局、彼は、もみじ狩りまで貸し切りにしちゃったわけだ。

「さて。ここからが本番」

彼の言葉に合わせるように、三匹のイルカがジャンプした。ざぁんという派手な水しぶきが上がり、私たちの座る席ギリギリまで飛んでくる。

アクロバティックな音と光に合わせて、イルカたちがクルクルと宙を舞い、魅力的なパフォーマンスを見せてくれる。

「うわぁ……！　すごい……！」

感動に口元を押さえ、声を詰まらせる。

「先週、リハーサルに立ち会わせてもらったんだけれど、その時はまだイルカが慣れていなくてうまく動いてくれなかったんだ。こんなにも見事に仕上がるなんて、本当に驚いたよ。スタッフも、きっと頑張ってくれたんだろうな」

「一番頑張っているのはイルカですよ？」

「確かに。高級魚のスペシャルディナーで労ってあげなくちゃ」

キラキラと瞬く光が私たちの瞳の中で踊る。

不意に肩を抱き寄せられたけれど、なんだかすごく自然な気がした。ふたり寄り添ってこの感動を共有できる、その嬉しさのほうがずっと大きかったから。

彼の胸に耳を寄せて、トクン、トクン、とその鼓動を感じながら、イルカのパフォーマンスとその演出に、うっとりと酔いしれた。

君の美味しい唇を

水族館をあとにした私たちは、近くのカジュアルなイタリアンレストランで夕食をとった。

人気のお店らしく、外には行列ができていたけれど、オーナーが柊一朗さんのお知り合いだそうで、顔を見せただけで客席の奥にある個室に案内してもらえた。

大皿で頼んだサラダとパスタとピッツァをシェアしながら、私たちは談笑する。

「どう？　楽しかった？」

「ズルいなぁ、柊一朗さん。あんなに可愛いイルカちゃんたちをなでなでさせてもらって、楽しくなかったなんて言えるわけないじゃありませんか」

あのあと、私たちを案内してくれたスーツの男性――あの水族館の支配人なのだそうだが、彼のご厚意でイルカのプールに連れていってもらえたのだ。

餌やりを間近で見せてもらったうえに、頭を撫でさせてもらえた。

イルカのおでこはぷるんぷるんと柔らかく、それでいて弾力もありキュート。あどけない双眸《そうぼう》に見つめられて、胸がきゅんと打ち震えた。

「澪のお許しも出たし、次のデートを考えておくね。まずはビールが飲めるところがいいなぁ」

昼間、お肉と一緒に飲めなかったことがよっぽど無念だったのか、彼は腕を組み、うーんと唸る。

「もうすぐ冬ですし、テラスでビールはまた来年ですね」

「いや、まだ秋、だいぶあるよ。もしかして、デートを流そうとしてない？」

「え？　次は新年会ですよね？」

「いや、忘年会が抜けてる。クリスマスも。というか、まだ十一月も頭なんだけれど、二カ月も会えないの？」

「柊一朗さん、忙しいでしょうから」

「勝手に慮《おもんぱか》ってくれなくていいよ。来週会おう」

「デートのスパン、短すぎじゃありませんか？」

柊一朗さんは、口では焦ったフリをしているけれど表情はほんのり緩んでいる。冷たくあしらわれながらも、私の嫌がり方が本気じゃないって気づいているんだ。

彼との会話が、心地いい。

食事が美味しかったからとか、イルカが可愛かったからとか、それだけじゃない。

出会った直後から感じていた。

彼と一緒に過ごす時間は幸せだ。

言い訳のしようもないほどに、私の心は、彼に魅了されている。

「ご両親には、俺のことをなんと説明したの？」

「付き合っていることにしてます。そのほうが都合がいいんです。次のお見合い写真を持ってこられなくて済むので」

「そんなに結婚を勧められるんだ？」

「姉が結婚して、矛先が私に向いちゃったんです。早く私を嫁に出して、私の部屋を孫の部屋にするんですって」

「あはは、なるほど」

他人事のように彼は笑う。私にとってはすごく深刻な事態なのに。

「笑い事じゃないんですからね。ひとり暮らしをして実家から逃げ出そうかと」

「ひとり暮らしする予定なの？」

「部屋を探してはいますよ。けれど、生活は厳しくなりますし……」

都内に実家がある。これはそこまでお給料が高くない私にとって、かなりのメリットだ。

そもそも、二十七年間も家族と一緒に暮らしてきた私が、いきなりひとり暮らしだなんて大丈夫だろうかという不安もある。

仕事から帰ってきても家に明かりが灯っておらず、誰もいない。ずっとひとりきり、誰とも会話がないまま、朝を迎える……。

騒々しい家で育った私に、ひとりぼっちは耐えられるだろうか。

「いくら口うるさいとはいえ、大切な家族ですしね。いなければいないで、寂しいんでしょうし」

ふう、と肩を落とすと、彼は何やら神妙な顔で切り出した。

「……なら、俺と暮らす？」

「……へ？」

脈絡のない提案に、ギョッと目を瞬かせる。どうしてそこで、一緒に暮らすという選択肢が出てくるの……？

「まぁ、言ってしまえば婚前同居ってやつかな？　家賃や生活費は俺が持つし、寂しくはないでしょ」

「え、いや、あの、待ってください、そりゃあ寂しくはないかもしれませんが」

どこか前提が足りていない説明に、私は唖然《あぜん》とする。

「私、まだ、結婚するなんてひと言も――」

「体裁の話だよ。親には同棲と説明すればいい。君はただの同居だと思えばいいさ。もちろん俺には下心があるけれど、君が嫌がるなら手を出さないと約束する」

堂々と『下心がある』と宣言されてしまったあたりで、私は頬をひくっと引きつらせたけれど、彼はそれに気づかないフリで独自の理論を振りかざす。

「一緒に暮らしてみて無理そうだったら、親には別れたと説明して、本当にひとり暮らしを始めればいいさ。同居中、君にお金を使わせるつもりはないから、資金もそれなりに貯まるだろう」

「ちょっと、待ってください……同居って、簡単に言いますけど……」

ぴた、と彼の前に手を振りかざし、ストップをかける。

危うく言いくるめられるところだったけれど、結婚前の男女の同居を、つまりは同棲と言う。言い方の違いこそあれ、事実に大差ない。

多分、ここでOKを出してしまったら、結婚まで一直線、止められなくなる。

「そもそも、私、柊一朗さんに大事なことを聞きそびれていました」

「何?」

「どうして私と結婚を？　私、二年前のあの時も、柊一朗さんとお会いした記憶がないんですが……」

彼はさらりと『結婚してくれ』と言ってのけたけれど、どうして私なのか理由がわからない。そもそも、好きだとか、愛しているだとか、そういう言葉も言われてないんじゃないかな？

あれよあれよという間に結婚を押しつけられて、彼がどう思っているのか、全然聞けていない気がする。

「……過去のことはもういいじゃないか」

「よくありませんよ！　ちゃんと理解できないと、怖くて結婚なんてできません」

彼は確かに、二年前のあの事件がきっかけだったたって言っていた。でも、当の私は、柊一朗さんのことを全く覚えていないのだ。

じっと見つめて答えを待っていると、彼はミネラルウォーターをひと口、喉の奥へ流し込んだ。

そして、とうとう話す気になったのか、ふう、と短く嘆息する。

「二年前――君は、思い出したくないかもしれないけれど」

ドクン、と鼓動が鳴った。不安に身を強張らせながら、彼と向き合う覚悟を決める。

「セクハラ事件のことですね」

私の言葉に、彼は小さく頷く。

正確に言うと、被害者は私ではない。セクハラされたのは、仲の良かった同期で、私は相談を受けたにすぎない。

彼女は小柄で、とても可愛くて、けれどはっきりとものを言うのが苦手で、いつもどこか小動物のようにびくびくとしていたっけ。

その姿が、きっとこの事件の被疑者——日千興産の常務の目についたのだろう。そして、ターゲットにされた。

「当時、俺は関西支部の支部長を任されていた。月に何度か本社に足を運ぶ程度で、経営側の動きは全くと言っていいほど把握していなかった。俺がその話を耳にしたのは、事態が深刻化したあとだった」

思いつめた友人は自殺をほのめかすようになって、私は必死になって彼女を止めた。その時初めて、彼女がこんなにも精神的に追いつめられていたのだと知った。

いざ同じような境遇の被害者を探してみると、彼女だけではなく五人いて、決起した彼女たちは、訴えを起こすことを決めた。

「セクハラをした常務のバックには、政財界の大物がいて、彼を失脚させるわけにはいかなかった。当時の執行役員たちは彼を擁護すると決め、被害者たちを買収した。

示談金と言えば聞こえはいいけれど、事件そのものがなかったことにされたのだから、口封じと言ったほうが正しいだろう」

泣いている彼女を思い出して、瞳がじんわりと滲《にじ》んだ。彼女は、お金が欲しかったわけじゃなかったのに。

仕事も、女性としてのプライドも失って、事件が闇に葬られるとともに、自らも消息を絶ち、会社から、そして私たちの前から姿を消した。

「最後まで事実を主張し続けたのは……君だね、澪。友人のために最後まで戦おうとした。そもそも、被害者たちを一念発起させたのは君で、彼女たちの指導者的役割をしていた」

コクリ、と私は頷いた。

ひどく前時代的な会社だった。古くからの慣習に囚われ、下は上に虐げられる、崩しようのないピラミッド構造が存在していた。

パワハラ、セクハラなんてしょっちゅうだったし、お尻を触られる程度なら、私だってされたことがある。

皆、文句を呑み込んで我慢してきた。……それが普通だと思っていた。

けれど、同期の彼女の場合は、我慢できるレベルをはるかに超えたセクハラをされていて、ある日、私に泣きながら相談してきたのだ。生活のために、会社を辞めることはできない。けれど、こんな毎日は耐えられない、と。

私が力になれずオロオロとしていたから、彼女を余計に苦しめてしまったのだろう。

「私は……自分が許せなかったんです。彼女から相談されていたにもかかわらず、何もできなくて……」

悔しくて、悲しくて、ひと滴、涙が頬を流れ落ちた。

彼女を追い込んだのは私かもしれない。私が何もできなかったから、彼女は自殺を考えるほどに絶望してしまったの……？

彼女にどんな贖罪《しょくざい》ができるのかを必死に考えて、被害者を集めて訴えることを決めた。

「君が彼女たちの指揮を執っていたのは、罪悪感からだったんだね。過去に被害を受けた女性たちをひとりひとり説得して回り、特に被害のひどかった五人を集めて訴訟を起こそうとした。もみ消されることをわかっていたから、あらかじめマスコミにも情報を提供した」

「結局、お金でもみ消されてしまいましたけどね」

正義が勝つなんて、甘い幻想だ。現実には、そんな綺麗事、通用しなかった。

結局、被害者たちは二択を迫られた。金銭を受け取って訴訟を取り下げるか、あるいは、会社に勝ち目のない戦いを挑むか。訴訟を続ける場合、逆にセクハラをねつ造したと訴え、解雇すると会社から脅された。

実質上、選択肢なんかなかった。被害者たちは、訴えの取り下げを余儀なくされた。

私と彼女のふたりは、金銭を受け取りたくないという思いが強く、訴えは取り下げたもののお金は受け取らず、自ら退社する道を選んだ。

マスコミにもお金がばら撒《ま》かれたに違いない、この事実が世間に公表されることもなかった。

テーブルに置いていた手にきゅっと力を込めて握る。

「私には、なんの力もありませんでした……」

柊一朗さんの手が私に重なり、冷えた指先を温かな熱で包み込んだ。

「それは違う」

「圧力にも負けず、最後までたったひとりで正しいことを主張した、澪の強さを誇りに思う」

私の手を握る力をきゅっと強くする。彼の眼差しはいつにも増して真剣だ。

「でも、私は自分の勤める会社を貶《おとし》めました。柊一朗さんや幹部の人たちに恨まれても仕方がないと——」

「そうじゃない。君は正しかった。間違っていたのは俺たちのほうだ」

険しい表情の彼——その瞳には、強い情熱が宿っていてハッとさせられる。

「不正に目をつぶることになり、悔しかったのは俺も同じだ。当時の俺は、次期社長と呼ばれながらも、なんの権力も持たなかった。いつか俺の代になって、会社の責任を任された時、必ず悪しき風潮を粛正しようと誓ってここまでやってきた」

彼の口から、私が想像もしなかった熱い言葉が漏れる。

あの出来事を、こんなにも真剣に考えてくれている人がいただなんて——。

「二年かけて、ようやく体制が整いつつある。近いうちに俺が社長へ就任して、クリーンな組織に作り変えてみせる。それが実現したら、必ず君にあの時のことを謝罪しようと心に決めていた」

柊一朗さんはテーブルに手をつくと、私に向かって大きく頭を下げた。

「本当に、申し訳なかった。君は間違っていない。君が残してくれた課題を、必ず未来へ繋げ、解決すると約束する」

本気の謝罪だった。柊一朗さんとしてではなく、きっと、日千興産を背負う次期社長としての。

私の行動は、ただ無駄にあがいただけ、誰の心も動かせなかったのだと思っていた。

けれど……違っていた。ちっぽけな私が起こした非力な反抗にも、真剣に向き合ってくれる人がいた。

私が諦めて挫折してしまったことを、彼はちゃんとかたちにしようと、行動を起こしてくれていた。

「柊一朗さん……頭を上げてください」

いつまでも頭を下げたままの彼の手を、ぎゅっと握る。

「柊一朗さんが真剣に考えてくれていたことはわかりました。だから充分です」

「二年前、君を擁護することができなくて、すまなかった」

「いえ。いいんです。無駄じゃなかったって、わかったから」

顔を上げて笑ってみせると、彼は安心したように目を細くした。

お互い、肩の力を抜いて、表情を緩ませる。心なしか、心の距離までほんの少し縮まった気がした。

「……ただひとつ、気になっているのは……」

私が目を伏せると、彼は「何？」と、わずかに緊張感を取り戻して身を乗り出した。

「あの時の彼女が、幸せに暮らしてくれているといいんですが……」

救うことのできなかった、同期の彼女。

私を道連れにしてしまった罪悪感があったのかもしれない。退社後、連絡をくれることはなかった。いつの間にか電話番号が変わり、家も引っ越し、気づけば音信不通になっていた。

別の場所で、新たな人生を歩んでくれていればいいのだけれど。

彼女ひとりで、まだ過去を乗り越えられず苦しんでいるのだとしたら……胸が潰れそうになる。

けれど、柊一朗さんは、口元をふんわりと柔らかくして息をついた。

「大丈夫だ。彼女は幸せに暮らしてるよ」

「え……!?」

ガタ、とテーブルに手をついて腰を浮かせる。

彼女の行方を知っているの……？

「彼女の消息を調べた。俺に何か、できることがあるかと思って。……けれど、いい意味でできることは何もなかったよ。会社を辞めたあと、実家に戻って再就職。昨年結婚して子どもを授かったらしい。もうすぐお母さんになる。きっと幸せにやっているんだろう」

力が抜け、ストンと椅子の上に腰を落とした。

よかった……。彼女のことだけが、ずっと心配だったから。

再就職して、結婚、子どもまで。ちゃんと人生やり直すことができたんだ……。

「とにかく、もう澪がそのことについて気に病む必要はない。すべて忘れて、あとは俺に任せてほしい。君の代わりに、俺が背負うから」

「……ありがとうございます」

なんだか、肩の力が抜けた。すごく、心が軽くなった気がする。

「俺も。やっと謝ることができて、ホッとした」

彼は、私の頬に残っていた涙の筋をそっと指で拭い、ふんわりと微笑んでくれた。

その笑顔が、私の心に広がっていた闇を取り払い、明るく照らし出してくれる。

わずかに残っていたパスタをふたりで半分こしたあと、私たちはお店を出た。

彼は当たり前のように私の手を取り、指を絡める。

日中よりも、ぐっと気温の下がる秋の夜。

風は冷え冷えとして寒いけれど、繋がれた手は温かくて、彼に守ってもらえているような気がした。

私の実家から徒歩五分のところにあるパーキングに、彼は車を駐車させた。

「どうしてわざわざパーキングに？」と尋ねると、「澪と手を繋いで歩きたかったからだよ」と甘い笑みを浮かべられ、思わず頬が熱くなった。

「二年前、一度だけ俺と会話したこと覚えてる？」

「え？」

歩きながら、おもむろに彼が切り出した。

やはり私と柊一朗さんは、過去に言葉を交わしたことがあるようだ。申し訳ないことに、全然覚えていないのだけれど。

ぶんぶんと首を横に振ると、彼は自身の左頬を指差して笑った。

「平手打ち。覚えてない？」

私は固まった。それから途切れていた記憶の道筋が繋がり、はっきりと思い出した瞬間、サッと青ざめた。

「……あ、ああ！」

人生で一度だけ、男性を平手打ちしたことがある。忘れていたというよりは、心の奥底に封じ込めて考えないようにしていた、というほうが正しいだろう。

「あれ……柊一朗さんだったんですか」

「よかった。思い出してもらえたみたいで」

「その節は……申し訳ありませんでした……」

さすがにあれは自分でもやりすぎだったと反省している。

失礼なことを言ってきた男性に思いっきり平手打ちをかましてしまったのだ。何があろうと、暴力はよくないよね……。

「確かに、俺もずいぶんと失礼なことを言ったからね」

なんて言われたのかまでは、はっきりと覚えていないけれど、とにかくあの時はやたら腹が立ったことを記憶している。怒りに任せて、思いっきり彼の頬をひっぱたいてしまった。

「ごめんなさい、痛かった……ですよね？」

「あれは本当にしびれた。しばらく君のことが頭から離れなかったよ」

「……まさか、叩かれた腹いせに私のことを――」

「違うよ。あの瞬間、きっと恋に落ちたんだ」

「ええ!? 叩かれて恋に落ちるって、なんか気持ち悪いですよ……？」

「失礼だな。変な趣味を想像しないでくれ」

ギョッと顔をしかめた私をたしなめて、彼は向き直る。

「俺が言いたかったのは、そういうことじゃなくて」

夜の十一時。薄暗い路地。

あたりに通行人がいないことをいいことに、彼は私の腰を引き寄せて、そっと腕の中に収めた。

「誰にも媚びず、芯のブレない君が好きだ。きっと俺は澪の、その心の強さに惹かれたんだ」

蠱惑的な笑みを浮かべたあと、私の口の端に、チュッと軽く唇を当てる。

それから私のリアクションを探るように、甘い瞳をこちらに向けた。

「もっとそばにいたい。一日中、怒って笑って泣く君を見ていたい。同居の話、本気で考えてほしい」

「……で、でも……」

「俺じゃダメ？」

私の頬に手を滑らせて、逸らした目を無理やり前へ向ける。すかさずもう片方の手で私の頬を捕まえて、これ以上、逃げられないようにした。

「ねぇ。俺を見て」

……だから、ズルいよ、そういう顔は。

普段はニコニコ笑っている彼に、本気の視線を投げかけられると、NOとは言えなくなってしまう。

「目を逸らすな。澪」

「や、やだ……」

「どうしてだ。俺の顔が嫌い？」

「そんなんじゃないです」

「だったら、こっち向いて」

ちょっぴり強めな口調にびっくりして、ぎこちなく目を向けた。真正面から目が合ってしまい、身体がしびれたように動かなくなる。

「いい加減、ちゃんと俺の目を見てくれないと怒るよ。俺はあれから、ずっと澪と真正面から向き合ってきたんだ」

「ご、ごめんなさい……」

思わず口にした言葉に、彼は「謝ってもらいたいわけじゃないんだけど」と瞳を悲しく陰らせた。

「『どうして私なのか？』と聞いたね。でも、愛している理由なんてうまく説明できない。澪の強さ、弱さ、優しさ、脆《もろ》さ、いろいろなものが複雑に合わさって、魅力を放っているんだから。強いて言えば、澪の全部が欲しい」

そう漏らして、唇を限界まで近づける。熱い吐息が鼻先を掠めて、トクン、トクンと鼓動が速まっていく。

「早く澪を、俺のものにしたい」

そう呟きながら、彼は私の唇にキスを落とした。

食んで、舌で舐《な》めとっては離れて、そんな動きを幾度となく繰り返す。

「柊っ……こんな……ところで……」

「誰もいないからいいだろう。夜の路地は、こういうことをするためにあるんだ」

「そ、そんなわけないっ……」

こんなことをするために、わざわざ彼は実家から距離のあるパーキングに車を置いたの？

彼の仕草に熱が増して、耳に触れていた彼の指が徐々に肩のほうへ下りていく。いつの間にか私のシャツの下へ潜り込もうとしている。

「あ……ダメッ……」

まさかこんなところで服を脱がせやしないだろうけれど、ボタンひとつくらいなら外されそうで、慌てて彼の胸を押し返した。

「しっ。静かにしないと、周りのお家に迷惑だよ」

「……っ！」

あげそうになった悲鳴を、ごくんと呑み込んで、彼の甘い攻撃に耐える。

彼はすかさず私の両手首をつかむと、動きを封じたうえで首筋に顔を埋め、強く唇で吸い上げた。

「……やっ……何して……」

「失敗したな。車の中でもっとしておくべきだった」

ザラ、と彼の舌が触れる感触に、思わずびくんと肩をすくめる。

こんな場所なのに、膝の力をなくしてへたり込んでしまいそうだ。

「安心して。このくらいにしておくから。じゃないと、また君を持ち帰りたくなってしまう」

彼は掠れた声を漏らし、名残惜しそうに深く口づける。舌が何度も何度も私の口内を行き来して、もっと先を欲しがっているのだけれど、彼は冷静さを取り戻すように、はぁ、と大きく呼吸をした。

「澪の唇は、美味しいね」

「な、何言ってるんですか、もう」

「そんなに顔を赤くしていては、どんなに憎まれ口を叩いたって説得力ないよ。デートを日曜じゃなくて、土曜にしておけばよかった。そうすればこのあと、澪の全部をもらえたのに」

悪魔みたいに煽情的《せんじょうてき》な眼差しで睨みつけられ、たじたじになった。

私への愛をひたすら囁き続ける彼は、羞恥心が欠落しているんじゃないだろうか。

聞かされるこちらの身にもなってほしい。

そんなことを言われたら——嬉しすぎて、照れくさくて、どうにかなってしまいそうだ。

「……全部なんて、あげません……」

あまりの恥ずかしさに、やっとの思いでそう答えると。彼の身体を突き放し、まだ熱の残る唇を手の甲で拭った。

「こ、ここまでで、大丈夫です。今日は、ありがとうございました!」

急ぎ足で感謝を告げると、彼と目も合わせずに走りだす。

「澪!」

彼の声にも振り返らず、家まで一直線にひた走る。

もっとしてほしいって言葉が、喉まで出かかっていた。

これ以上一緒にいては、耐えられる自信がない。このまま連れ帰ってって、お願いしてしまう。

土曜じゃなくてよかった。もしも明日が休みだったら、きっとまた彼に全部を預けてしまっていた。

一日一緒にいただけで、あっさりと気持ちを持っていかれてしまうなんて。彼の吸引力が強すぎて、太刀打ちできない。

「ただいま」

家に飛び込むと、リビングにいた父が声をあげた。

「おかえり。ずいぶん遅かったじゃないか」

揚々とした声。この時間まで帰ってこなかったのだから、デートは大成功したのだと推測しているのだろう。悔しいけれど、その通り。

リビングを素通りして、私は階段を上り、自室へ向かう。

「澪？　どうしたんだ？　お茶、淹れようか？」

「遅くなっちゃったから、先にお風呂入るね」

「ああ、そうしなさい」

自室に滑り込むと、ドアを閉める。いつもはかけない鍵をかけた途端、その場にへしゃっとへたり込んでしまった。

ドクドクと鼓動が鳴りやまない。私を求める彼の顔が頭から離れなくて。

『早く澪を、俺のものにしたい』

彼の言葉が頭の中でリフレインして、どんどん顔が火照《ほて》っていく。

あまりの恥ずかしさに、逃げ帰ってきてしまったけれど……。

「本気なの……？」

ひとり、声に出して呟く。

実際にそう問いかければ、きっと彼はふたつ返事だっただろう。そう疑いたくなるほどに彼は私に愛情を注いでくれる。それは今日一日一緒にいて、嫌というほど理解した。

冷静になって考えてみると、私は求婚されたのだ。それも、あんなに甘いルックスをした、完全無欠の未来の社長様から。

出会った当初、契約社員だった『穂積柊一』は、確かに見た目は抜きん出てよかったものの、それこそ、その辺にいる普通の男性となんら変わりないステータスの持ち主だった。

だからこそ、たいした抵抗もなく、素直に恋に落ちることができたのかもしれない。

けれど、今の彼、『千堂柊一朗』は、俗にいう御曹司。一般市民の私は、決して踏み込めない、雲の上にいる。

そんな人と、一体どうやって付き合ったらいいっていうの？

結婚なんて、本当にできるの？

私なんかでいいのだろうか、そんな感情すら湧き上がってきて、途端に彼が遠い彼方に存在するお星様みたいに思えてきた。

「しっかりしてよ……」

控えめに、パン、と頬に両手を打ちつけたものの、もはや自分が何と闘っているのかもわからない。

とにかく、彼の甘い言葉と口づけであっさりと籠絡《ろうらく》されてしまった自分が情けなくはあるのだが。

……本当に、どうしたらいいのかわからないよ。もし次に会った時、家に連れて帰りたいなんて言われたら、拒めないな。

そんなことを思いながら、いっそう頬を赤く染めるのだった。

会いたかった……！

柊一朗さんとのデートから二週間が経った。

次のデートは、さらに二週間後。すぐにでも会いたいという彼の誘いを振り切って、一カ月空けたいと申し出た。

前回のデートで完全にのぼせ上がってしまった自分を、クールダウンさせるために設定した一カ月。でも――。

もうすでに彼に会いたいという気持ちがむくむくと湧き上がってきている。

余計に燃え上がっちゃってどうしよう。一カ月後って指定したのは、私なのに……。

会えない時間が愛を育てるとはこういうことかと、生まれて初めて恋愛という現象の恐ろしさに向き合っているところだ。

お昼休み。女性社員たちとお昼ご飯を食べたあと、少し早めに自席へ戻った私は、空いた時間を使ってネット検索に勤しんだ。

『デートスポット』『レジャー』『人気』『三十代男性』そんなキーワードを打ち込んで、クルクルとマウスを操作する。

柊一朗さんに『次のデートで行きたいところがあれば教えて』と言われたものの、正直言って、三十代男性、しかも超お金持ちな彼が喜んでくれるデートスポットなんて、さっぱりわからない。

私自身は、ふたりで行ければどこでも楽しめると思うのだけれど……せっかくだから、彼にだって楽しんでもらいたい。

一応自分なりに人気のデートスポットを検索してみてはいるのだけれど、水族館を貸し切りにしちゃうような男性をどうやって楽しませればいいのだろう？

やっぱり共通で楽しめるものといえば食べ物かな？　でもまた食いしんぼうと思われちゃうし……。

デスクの上に肘を置いて、ふう、とため息をつく。

「あれ、立花さん？　何見てるんですか？」

突然パソコンのモニターを覗き込んできたのは、上村さんだ。

私は慌てて画面を手で覆うけれど、表示していたのはちょうど『最新・この冬おすすめのデートスポット』なんていう記事。

「わわ、立花さん、デートですか⁉」

キラキラとした瞳で、上村さんが身を乗り出す。彼女、こういうことを嗅ぎつけた時のパワーが果てしない。

「いや、別に、デートってわけじゃないんだけどっ」

「もしかして、お見合いの彼とうまく言ってるんですか？」

「う、上村さん、声が大きいっ！」

社内の人にお見合いをしただなんて、あまり知られたくない。

そもそも、上村さんに喋ってしまったこと自体、失敗だったかなぁと後悔しているくらいだ。

案の定、話を聞きつけてしまった誰かが背後から声をかけてきた。

「へぇ。立花さん、お見合いしたんだ」

ちょっぴり渋みのある、低くて伸びのいい声が高い位置から降ってくる。

びくりと肩をすくめたあと、恐る恐る振り仰ぐと、そこにいたのは――。

「き、雉名さん、どうしてこんなところに」

「俺が総務に来ちゃ悪いのか？　社内領収書をもらいに来ただけだ」

彼はレシートをペラペラ振って、気だるそうに私を見下ろした。

「急遽《きゅうきょ》、ハブとＬＡＮケーブルを増設したから、精算したいんだが」

「あ、はい、それでしたら……」

私はパソコンに表示されていた物議を醸しかねない記事を慌てて閉じると、席を立ち、背後のラックから領収書の原紙を取り出した。

「で。見合いって？　どんなヤツと？」

「……どうしてそういうこと聞くんですか」

バカにされているような気がして、ちょっとムッとしながら尋ねると、彼は明らかにからかっている顔でにんまりと笑った。

「面白そうだからに決まってんじゃん」

「冷やかさないでくださいよ！」

乱暴に原紙を突きつけると、彼は私のデスクから勝手にペンを拝借して、領収書に金額と品名を達筆に書き散らした。

「怒るなよ。ちょっと気になっただけだろ。じゃ、精算よろしく」

領収書とレシートを私に押しつけて、彼はさっさと総務をあとにする。

「まったく。雉名さんまでからかうなんて」

ため息交じりに、金庫を開け、領収書に記載された金額を取り出そうとした途端。

「雉名さん、もしかして怒ってるんじゃありませんか？　俺というものがありながら、どうしてお見合いなんかするんだって」

「はぁ⁉」

また思いもよらない上村さんの推測が飛び出した。まだ私と雉名さんの仲を疑っていたのだろうか。

「何度も言うけれど、私と雉名さんは全然そういう関係じゃないからね」

「でも、立花さんとお話ししている時の雉名さんって、すごく楽しそうなんですよね。私が話しかけても、全然会話になりませんもん」

「え？」

驚いて目を丸くする。そういえば、上村さん、雉名さんに話しかけてみようかなぁなんて言ってたっけ。

「……雉名さん、私とはお話ししてくれないんです。話しかけても、すぐ逃げられちゃって」

……確かに、雉名さんは追いかければ逃げるタイプに見える。会話を広げてくれるような愛想もなさそうだ。

私だって、たまたま柊一朗さんというとっかかりがあったから、話をするようになっただけで。それがなかったら、きっと挨拶すらしないと思う。

「ええと……私の場合はたまたま用事があって話すだけだから。きっかけ次第だと思うよ?」

「頑張れば、いつか話してくれるようになりますかね?」

「そ、そうだね、うん、きっと」

「私、頑張ってみますね!」

闘志を燃やす上村さんに心の中でエールを送り、その気持ちがなんとか雉名さんに届くことを祈るのだった。

夕方六時。定時を知らせるチャイムが鳴り終わり、私はほうっと息をついた。

この十一月の半ばは、わりと仕事のペースに余裕がある。

月末、月初は、給与計算や勤怠管理、その他諸々の手続きが重なって、やらなければならないことが山積みになり、残業続きだ。

さらに来月ともなれば、年末でとても忙しくなるから、今が今年最後の安息期と言っても過言ではない。これが定時で帰れる最後のチャンスかも。

「お疲れさまでした」

私はそそくさと帰り支度を済ませ、オフィスを出た。

ホールで一階に向かうエレベーターを待っていると、遠くでドアの開く音がして、足音が近づいてくる。

身体を傾けて、ちらりと音のするほうを覗いてみると、ビジネスバッグを肩に載せ、ツカツカと歩いてくる雉名さんの姿があった。

「お疲れさまです。この時間に帰宅ですか？　珍しいですね」

というのも、フレックス制を採用している我が社において、雉名さんは遅出勤、遅退社が通常運転。夜七時前に帰宅するのは珍しい。

総務という仕事柄、彼の出退勤管理もしているのだが、たまに『え⁉』という時間に出社していたり帰宅していたり。彼の勤務表は異彩を放っている。

とはいえ仕事はよくデキるから、どんなに自由奔放な勤怠をしていても誰も文句を言わない――というか、言えない、というのが開発部長の談。

ちなみに彼は課長だ。課長がそんなに好き勝手して部下はついていけるのだろうか？と若干不安になる。

「お疲れ。今日は用事があってな」

無愛想にそう答えて、私の隣でエレベーターを待つ。

エレベーターの階数表示を見ると、さっきから最上階で止まったままだ。

帰宅ラッシュの時間帯だから、乗り降りが激しいのかもしれない。やっと動きだしたかと思えば、また次の階で停止する。

満員でなければいいなぁなんて願いながら、おとなしく待っていると「そういえば……」と、おもむろに雉名さんが口を開いたので、私はちらりと彼を見上げた。

「おたくの部の新人が、最近、必死に話しかけてくるんだが、あれ、なんなんだ?」

「えっ……」

間違いなく上村さんのことだろう。確かに本人も雉名さんに話しかけてみたとは言っていたけれど、そんなに必死になって話しかけたんだ……。

雉名さんに興味があるから、なんて素直にバラしちゃマズいよね?

「場を和ませようとしたんじゃないですか? ほら、雉名さん、いつも不機嫌そうな顔してるから」

苦し紛れにそんなことを言ってごまかすと、彼は肩を落として嘆息した。

「気遣いとか、いらないって言っとけ」

うう〜ん、本当は違うんだけどな、と愛想笑いが凍りつく。

「……迷惑じゃなければ、お話ししてあげてくれませんかね?」

「……暇ならな」

エレベーターがやってきたが、やはり中はすでに満員だ。仕方なく身を引いて、次の一台を待つ。

その間、沈黙しているのも何かなと思い、『最近寒くなりましたね』と、無難な世間話を振ろうと考えた。けれど、今しがた『気遣いとか、いらない』と言われたことを思い出して、余計なことは言わないほうがいいのかな？と悩み始める。

もやもやと考えている間に、またしても彼のほうが先に切り出した。

「で。お見合いのヤツとはどうなんだ？」

「その話題、まだ引きずりますか？」

あっけにとられる私に、彼はククッと笑う。

「見合いって、赤の他人とやるわけだろ？　そうまでして結婚したいのか？」

ものすごく不躾《ぶしつけ》な質問だけれど、からかわれているわけでも、怒られているわけでもなく、どうやら純粋に興味があるようだ。いつもより瞳を輝かせて、私の回答を待っている。

「……私の場合、完全に赤の他人ってわけではなかったので」

「あ？　そうなのか？」

「一応、恋愛結婚でありたいと思ってはいるんですけど」

「ふうん」

エレベーターがやってくる。一台見送ったおかげで、今度こそ乗ることができた。

扉の前でふたり肩を並べて立っていると、雉名さんは周囲の目もはばからず呟いた。

「じゃあ、ちゃんと恋愛してんだ」

私はギョッとして隣の雉名さんを見上げる。エレベーターの中でそんな恥ずかしいことを聞くの⁉ 他の会社の人だって乗っているのに！

恋愛しているかと聞かれれば、答えはYESだが、こんな狭い静かな場所で、他人に囲まれながら、「私は恋をしています！」なんて宣言するような真似はできない。

エレベーターが、一階に着き、ドアが開く。エレベーターホールを抜け、ビルのエントランスに向かって並んで歩きながら、私はやっと口を開いた。

「……はい」

「ずいぶん間があったな」

あっけらかんと言うものだから、思わずむきになってしまった。

「あんなところで、答えられるわけないじゃないですか！」

「どうして」

「どうしてって……恥ずかしいじゃありませんか。本人にだって好きって言えないのに、見ず知らずの他人の前で言えるわけ――」

「本人に言えないのか？」

雉名さんは不思議そうな顔をして、無意識だろうか、歩調を緩めた。しばらく私をまじまじと観察していたが、「ああ」と思い当たったのか、ペースを戻して頷く。

「仕事だけじゃなく、プライベートでも強情女だったんだな、あんた」

「その呼び方、やめてください……」

エントランスの自動ドアをくぐり、駅へと繋がる歩道を歩きながら、雉名さんは呆れたように肩を落とした。

「俺に素直になる必要はないけどな。そいつにはなってやらないと、それこそ幸せ逃すんじゃないか？」

突然、彼の大きな手が降ってきて、私の頭をボフンと覆った。

乱暴に三回、撫で回す。柊一朗さんとは全く違う、気遣いなど欠片《かけら》も感じられない撫で方。

頭を撫でられること自体が嫌なわけじゃない、ただ、彼の場合はなんだか私を子ども扱いしているような気がして。

「もう！　バカにしないでください！」

大袈裟に、バン！と肩を叩くと、さすがに怯む雉名さん。

「痛って！　なんだよ、暴れんなよ」

「その頭撫でるのも、いい加減やめてください！　上村さんにすごくからかわれるんですからね！」

「あんたが隙だらけなのがいけないんだろ」

「す、隙……？」

その瞬間、くいっと顎を持っていかれた。

驚きに声をあげる間もなく、気づけば目の前に雉名さんの顔があって、私は目を丸くする。

「ほら。わかるか？　これが隙だ」

鼻先のすぐ上で、雉名さんが囁きかける。異常に近い距離。それはまるで、キスの時のような……。

「え……あの……」

呆然として、言葉をなくしたまま見つめ合う。

どうして急にそんなことを。からかわないでくださいと反論しようとした、その時。

突然背後から腕を強く引かれ、後ろへ倒れ込んだ。

トン、と背中を手で支えられて、身体を斜めにしながら見上げてみれば、そこに男性が立っていて――。

柔和な笑顔と、涼やかな瞳。ずっと恋い焦がれていた彼が目の前にいて、頭の中がひどく混乱した。

「柊……一朗……さん？」

柊一朗さんは私の両肩を抱きとめながら、雉名さんに向かってニッコリと微笑む。

「仲良くしているところ、悪いけれど。彼女には先約があるんだ。雉名は、ここで引き上げてもらっていいかな」

不思議なことに、笑顔にもかかわらず声にピリッとした緊張感がある。聞いたことのないトーン、柔らかな言葉使いの奥に敵意が見えた気がして……。

あれ？　なんだか、変……。

「へぇ。まさか、お前が見合いの相手？」

雉名さんは、挑発するようにニヤリと口の端を跳ね上げる。どうやらこの事態を心底楽しんでいる様子。

「柊……」

彼に呼びかけようとしてハッとする。雉名さんの中で、彼は『穂積柊一』だ。本名を口に出すのはやめたほうがいいかもしれない。

「……穂積さん」

その呼び方に噴き出したのは雉名さんのほうだった。

「何も、言い直さなくてもいいだろ」

どうやら雉名さんは、私が関係を隠したいから名前を言い直したと誤解したようで――実際、隠したくもあったけれど――冷やかすみたいな生ぬるい眼差しを携えている。

「こちらこそ悪いが、今日の先約は俺なんだ。彼女の手を離してもらえるか？」

雉名さんがそう意地悪に言い放ったので、私はギョッと目を丸くする。

先約？　何それ？　そんなものしていない。

とはいえ、そもそも柊一朗さんとだって約束なんてしていない。ふたりして先約先約って、一体どういうこと？

すると、次の瞬間、私の腕をつかむ柊一朗さんの手に、ギリッと力がこもった。

慌てて見上げると、厳しく表情を引きしめた彼。相手を威圧するような、初めて見せる顔だった。

どうしてそんな顔をするの？　柊一朗さん、怒ってるの？

「ほら。立花さん。どうするよ？　どっちを選ぶ？」

突然振られた私は、「え」と間抜けな声を漏らす。どうするって、何？

「いい加減、早く選ばないと、本当に失うぞ、強情女」

悪態をつかれて、やっと理解した。

ああ、もしかして、雉名さんがあえて挑発的なセリフを投げかけたのは、私に、柊一朗さんを選ばせるため……？

素直にならないと幸せを逃す。雉名さんにさっき、そう叱られたばかりだった。

「……今日は、柊一さんと約束しているので」

私が柊一朗さんの腕に手を絡めると、雉名さんはフッと眼差しを緩めた。

「あーあ、残念だ。まぁ、穂積の焦った顔が見られたからよしとするか」

そう言い残して雉名さんは、あっさりと私たちへ背中を向け、駅のほうへと立ち去ってしまった。

今のは、柊一朗さんへの意地悪だったのだろうか。それとも、私を困らせて遊んでいただけ？

冷静になったところで、柊一朗さんを見上げると、視線に気づいた彼は、険しい表情のまま私を見下ろした。

「あの……柊一朗さん」

「……何」

「怒ってます？」

おっかなびっくり顔色をうかがうと、彼はふう、と短く息を吐いてわずかに肩を揺らす。

「怒っては、ない」

「でも、不機嫌そう」

「……動揺してる。プロポーズした女性が、目の前で別の男とキスしていたから」

「し、してません！　キス……なんて、そんな……アレは雉名さんがふざけて……」

とはいえ、確かにあそこまで顔と顔の距離を近くしているところを見られたら、角度によっては誤解されても仕方がない、と怯む。

言い淀む私を見て今度こそ深く息をついた彼は、くるりと踵《きびす》を返しツカツカと歩きだした。

「あ、あの、柊一朗さん？」

彼の背中を追いかけていくと、歩道の脇に黒くてスマートな高級車が止まっていた。

仕事用だろうか？　助手席側のドアを開き、感情の読み取れない眼差しを向ける。

「乗る？　それとも、乗らない？」

「の、乗りますよ！」

乗らないと言ったらそれこそこじれてしまいそうで、私は戸惑いながらも助手席に腰を下ろした。彼はドアを閉め、運転席側へ回る。

彼が車に乗り込むまでの間、私は雉名さんとの一連のやり取りを思い出して肝を冷やしていた。

顔を近づけていたところ以外にも、見られていただろうか。頭を撫でられたところとか、私が彼の肩を叩いたところとか。後ろから見たら、イチャついていると思われたかも……。

彼が運転席に腰を下ろした瞬間、私はそちらに身を乗り出して詰め寄った。

「柊一朗さん、あのですね──」

「雉名と、どこへ行くつもりだったの？」

「行きません！　約束なんて、してません！　帰りがけに、偶然会っただけで……」

「そう」

短く頷いてくれた彼だったけれど、全然納得したようには見えない。

運転席のドアを閉め、シートベルトに手を伸ばす渋面の彼に、恐る恐る尋ねる。

「……嫉妬、してくれてるんですか？」

彼は身体ごとこちらに向き直り、その冷ややかな眼差しを私に向ける。

思わずびくんと肩を震わせて——それでも目を逸らさずに、一心に彼を見つめた。

「……そりゃあ、嫉妬もするさ」

彼はぽつりとこぼすと、糸が切れたみたいに私の肩に倒れ込んできた。

「しゅ、柊一朗さん⁉」

「俺とは、月に一回会うだけでも億劫《おっくう》なのに、雉名とはこうして毎日顔を合わせているんだろう」

「え……？」

私の両肩に手を置き、甘えるように首筋に顔を埋める。鎖骨に彼の熱い吐息が降りかかり、トクンと胸が鳴った。

驚いた。なんだか彼の声が、すごく弱々しく聞こえたから。

「俺が姿を消していた三カ月の間、澪は雉名と付き合っていたの？」

「そ、そんなわけないじゃないですか！　あれは雉名さんのジョークですよ⁉」

彼の頬に手を当てて持ち上げると、クシャッと目元を歪《ゆが》ませて私を睨んでいた。

「……泣かないで」

「泣いてないよ」

「でも……泣きそう」

これ以上、見るなとでも言うように、柊一朗さんが私の肩口に顔を埋める。

こんな弱り切った彼、初めて見た。放っておけず、大きな背中に手を回し、ぎゅっと抱きしめる。

「どうしたんですか。柊一朗さんらしくない……。いつもは私がどんなに冷たくあしらっても余裕じゃないですか」

「……余裕なんか、ない」

耳を疑うようなか細い声で、彼は私の腕に指を滑らせる。

「本当は、余裕なんて、これっぽっちもない。澪は、キスには応《こた》えてくれるクセに、言葉にはしてくれないじゃないか。俺のことを好きだとか、愛しているとか、絶対に口にしてくれない」

「柊一朗さん……」

彼がこんなにも疑心にかられていただなんて、知らなかった。

私をもてあそんでいるんじゃなかったの？　私の心を見透かして、手のひらの上で転がしているのだと思っていたのに。

翻弄していたのは、私なの？

彼の口からこんなにも弱々しい言葉が飛び出すなんて。

「俺だけだ。こんなにも澪を想っているのは。どんなに愛の言葉を囁いても、君は応えちゃくれない。俺のことが嫌いなら、どうしてキスを拒んでくれないんだ。君がどっちつかずな態度を取るたびに、正解がわからなくなる」

いつもは大きなその背中が、途端に小さく見えて、愛おしい。私にすがりついてくるその姿は、まるで頼りない子どものようで。

「……私は、柊一朗さんのこと、嫌いなんかじゃないですよ？」

彼の背中を優しく撫でるけれど、彼は私の腕の中でぶんぶんと首を横に振る。

「嫌いじゃないって、何？　そういう態度がどっちつかずっていうんだ」

私の胸に顔を埋めて、くぐもった声を漏らす。……知らなかった。私の素直じゃない態度が、こんなにも彼を不安にさせていただなんて。

「……好きです」

「とってつけたみたいに、言わないでくれ」

「本当です。大好きです」

素直な言葉を口にした途端、なぜだがすっと心が軽くなった。

この二週間、ずっと押し殺してきた彼への想いが溢れてくる。

「柊一朗さんが、好き」

声にするとともに、瞳に涙が滲んだ。私の掠れた声を耳にして、彼はやっと顔を上げて、私の目を見つめてくれた。

「この二週間、澪のことばかり考えていた。澪は、少しでも俺のことを思い出してくれた？」

「毎日。一日中」

大きく頷くと、睫毛にしがみついていた涙がポロポロとこぼれ落ちてきた。

みっともなく歪んだ泣き顔で、耳まで真っ赤になりながら、それでも身体は素直に彼へ抱きついていた。

「本当は、すごく……すごく会いたかった……！」

「澪……」

弾かれたように、彼が私の身体を抱きとめてくれる。

最初から素直に、そう言えばよかったんだ。

大好きだと、ずっと忘れられずに想い続けていたのだと、言ってしまえば回り道しなくて済んだのに。

私はこのまま、ずっと彼に抱きしめられていたい。

「もう離れたくない……」

首筋に腕を絡めて告白すると、彼が耳元でフッと小さく吐息をこぼした。

「もう離さない。ずっとそばにいるよ」

彼が私の頬を両手で包み込む。

うっとりと目を閉じて、その熱量を確かめた。彼は、私をこんなにも愛してくれているんだ。

彼の親指が私の唇をなぞり、もっと先を求めてくる。愛おしげに、何度も指で触れながら、この唇を、欲しいと言ってくれている。

どうぞ、と私は、噛みしめすぎてぽったりと火照ってしまった唇を、端正な顔の前に差し出す。

「澪、愛してる」

わずかに唇の先が触れ合って、探り探り絡まりながら、次第にその繋がりを強めていく。深く包み込めばとろけるように柔らかく、眩暈がするほど気持ちいい。

「ちゃんと言わなくてごめんなさい……私も、愛してます」

もっともっととすがりつき、その甘い感触を自分のものにする。

こんなにも積極的に彼の想いに応えようとしたのは初めてだ。最初に身体を重ねた夜でさえ、彼の愛を受け止めるので精いっぱいだった。

あまり積極的だと、はしたないと思われてしまうだろうか？　それとも、喜んでくれる？

目を開ければ、ちょっぴり嬉しそうに頬を緩ませた彼がいて。

「今夜、澪を連れ帰ってもいい？」

しっとりとした低い声に、私は躊躇うことなく頷く。

彼は私の唇を思う存分食んだあと、額に名残惜しそうにキスを落として、車のエンジンをかけた。

素直な彼女が可愛すぎて

本当は、お互いの気持ちなど、とうにわかっていたはずなのに。

それでも、恥じらう彼女の口を無理やり割らせてしまったのは、俺が珍しく本気で嫉妬というものを経験したからかもしれない。

「着いたよ」

シートベルトを外すと同時に、彼女の柔らかな唇に口づける。俺が食んでいくうちに、桃色は艶やかな紅へと染まり、同時に頬は赤く上気していく。

「柊一朗さん……待って、ここじゃ」

車の中が不満なのか、彼女は困ったように視線を漂わせた。

その潤んだ瞳と、荒くなった吐息が、いっそう俺をかき立てているとは知らずに。

抵抗するように俺の肩に当てた手を突っ張るけれど、たいして力も入っておらず、本気で嫌がるつもりはなさそうだ。

つまり、いいってことだよな？

「……もう一度、俺の名前、呼んでくれる？」

「え……」

耐えきれず彼女へ覆いかぶさると、彼女は助手席のシートの上で「きゃっ」と小さく身体を縮こまらせた。

怯《おび》えているわけではない、それを象徴するように、彼女は自ら唇を捧げに来る。

恥じらう彼女の口へ舌をねじ込むと、喉の奥から「ぅんっ……」という甘い悲鳴が漏れた。

「柊……一朗……さん」

そのか細い声で名を呼ばれると、余計に食べてしまいたくなる。

「澪」

そろそろ限界だ。この数カ月、ずっと我慢してきたのだから。

警戒する彼女のご機嫌をうかがうように、手を出さず紳士を装ってきたけれど。

……ずっと抱きたいと思っていた。

深く深く口づけたあと、この先はここでは無理だと判断し、彼女からそっと身体を離した。濡れて光る彼女の唇を拭い、運転席のドアを押し開けると、正面から回り込んで助手席の彼女を迎えに行った。

「おいで、澪」

差し出した手を取って、彼女はゆっくりと降りてくる。

わずかに噛みしめた唇。抗えないのが悔しいといった顔で、俺をじっと見つめる。

「そんな顔をされると、また余裕がなくなってしまうよ。俺に動じないでいてほしいんだろ?」

「だったら、私はどんな顔をすれば」

「そうだな……まず、その眉間に皺をやめようか」

彼女の眉間をくいっと親指で持ち上げると、途端に眉が下がって情けない顔になった。予想以上に面白くて、思わず「あっははは」と噴き出してしまう。

「もう! からかうなんて!」

ぷんすか怒る彼女も、愛らしくてとてもいい。こういうところは純粋で、子どものように素直だ。

とにかく、彼女にまつわるなんでも可愛らしいと思ってしまうほど、我が身は彼女に溺れている。

「冗談だよ。部屋へ行こう、澪」

このまま何もしないで帰すつもりはない、と心の中でつけ足し、彼女の肩を抱く。

三十階にある部屋に辿り着き、玄関に足を踏み入れたところで、取り急ぎ壁に彼女を押しつけて、唇を味わった。

寝室まで、あと少し。だが、まだ長い廊下がある。

彼女を手に入れるまでがもどかしい。耐えられるだろうか？

「柊一朗さ……もう、靴ぐらいゆっくり脱がせてください……」

今度こそ本当に迷惑そうに俺の身体を突き放し、パンプスを脱ぎ揃える。

「気は済んだ？」

「きゃっ」

まどろっこしくなった俺は、彼女の身体を抱き上げて、すぐさまベッドへと連れていった。

「ま、待って、いきなりベッドって……！」

真っ赤になってジタバタと暴れる彼女だけれど、俺が真面目な顔をすると、途端に恐縮して、切なそうに瞳を潤ます。

「もう限界だよ。ずっと抱きたいって思ってた」

「あの……でも、シャワーとか、あと、ほら、夕ご飯とか」

そんなに、ベッドインを先延ばしにしたいのだろうか。それとも、単に照れているだけ？

あわあわと言い訳をする唇を乱暴に塞ぎ、彼女の身体をベッドに沈めた。

「夕食は、あとでたっぷり食べさせてあげる。だから、まず、澪を食べさせて」

彼女は口元を押さえ、今にも泣きそうな顔をする。オロオロと目が泳いで、困惑しているのがありありと窺《うかが》えた。

一瞬、本気で困っているのかと疑い始めた時。

「じゃあ、少しだけ……ですよ？」

囁いた彼女のはにかむ笑顔にたまらずかき立てられる。

少しってなんだ、というツッコミと、少しで収まるわけないじゃないか、という嘲笑と。

とにかく、放っておけば笑いだしてしまいそうなほどに緩み切った頬を隠し、彼女の服を剥ぎ取った。

鎖骨に口づければ、ぴくんと身体を震わせ、舌を滑らせていけば、湿った吐息を漏らす。指先を近くに持っていくだけで、顔が真っ赤に染まって涙がこぼれ落ちそうだ。

別に身体を重ねるのが初めてというわけでもないのに、どうしてこんなにも初々しいのか。

脇腹をくすぐるように撫でてみると、なまめかしく身体をくねらせ、甘ったるい声が喉の奥から漏れてきた。やめられなくなりそうだ。
敏感な部分には触れてしまわないように、そっと胸の膨らみを外側から辿る。
唇を這わせると、彼女は声にならない声をあげて、必死に自身の唇を噛みしめた。
「そんなに強く噛んだら、血が出てしまうよ」
キスで口をこじ開けて、歯型のついた下唇を舐めると、惚けた瞳が緩やかに瞬いて、
俺を眩《まぶ》しそうに見つめた。
「だって、柊一朗さんが、焦らすから」
「あまりにも可愛い声をあげるから、聞き飽きるまでたくさんいじめてやろうかと
思って」
悲しそうに眉尻を下げた彼女が、仕返しとばかりに俺の唇に噛みつこうとする。
さらりとかわすと、今度こそ泣きそうになって、すがるようにしがみついてきた。
「そんなに焦らなくても、たくさんしてあげるから」
さんざんお預けした口づけを、ゆっくりと、口先にだけ丁寧に与えてやると、嬉し
そうに頬を赤らめて、くったりと力を失う。
緩慢な動きで徐々に深くしていくと、俺の聞きたかった声が聞けて、たまらず彼女
を抱きしめた。

「澪。可愛すぎて、頭がおかしくなりそうだ」

正直な感想を述べると、彼女は恥ずかしそうに、でもふんわりと笑う。

「嬉しい」

そう答えて俺の首筋にしがみついてきたから、完全に理性のタガが外れてしまった。


これまで、欲しいと思った女性は、わりと容易に手に入れてきた。

肩書きも、ルックスも、実力も、それなりに揃っていると自負してきた。実際、落とそうとして落ちない女性などいなかった。

彼女の場合は、たっぷり時間を注いで、入念に仕掛けを施し、わざわざ派遣社員と偽って名前まで変えて近づいた。

彼女をどうしても自分のものにしたい。

二年前の、力強い瞳が忘れられない。

こんなにも女性に心を惹かれたのは初めてだった。

二年前――。

関西支部の支部長を務めていた俺は、半年に一度行われる定例報告会へ参加するため、東京本社を訪れた。

そこで、たまたま行われていたとある諮問会議に呼び出されることとなる。

＊＊＊

わずかに遅れて会議場へ向かうと、扇状に配置された会議卓に重役の面々が並んでいて、ひとりの女性が中央に立たされ、責め立てられていた。

「どうせ金目当てだ」

「こんな騒動を起こして恥を知れ」

「なんの役にも立たないお飾り社員がこんなことをして、厚かましいと思わないのか」

やじが次々に飛び交って、俺は一体なんの会議にやってきたのか、わからなくなる。

魔女裁判か、これは。

状況は聞いていた。セクハラだと訴えてきた被害者のうち五人は金で籠絡され、残るは騒動の主犯格である彼女ひとりを説得するのみ。

だが、これは説得というより、責め苦を味わわせているだけだ。俺は呆れを通り越して、驚嘆すらしていた。こんな光景、現代社会で見られるとは思わなかった。

彼女は、どんな圧力にも負けず、毅然とした態度で前を向いていた。ピンとまっすぐに伸びた姿勢は、プライドの現れだろうか、とても気高く感じられる。

「前言を撤回し、謝罪しなさい。今なら譴慎程度で済ませてやる」

がなり立てる男たちに、彼女はふるふると首を横に振る。

「撤回するつもりはありません。私は事実だけ主張します」

その凛とした瞳の、見惚れるほどの美しさ。

途端に自分が恥ずかしくなった。非は我々にあるのに、どの面下げて非難するのだろう。

あくまで他人を装って、一番奥の座席に座りながらこの会議の行く末を見守っていたが、次第に憤りを覚え始め、奥歯をギリッと噛みしめた。

何もできない自分が不甲斐《ふがい》ない。何が次期社長だ、この厚顔な面々を鎮める力を何ひとつ持たないクセに。

「さっさと謝れ！　女のクセに！」

正面の男が彼女にペットボトルの水をかけた。

彼女は一瞬目を閉じた程度で、降りかかる水を抵抗ひとつせず受け入れた。髪からぽたぽたと雫《しずく》を滴らせたまま、再びまっすぐ前を向く。

「……もう、いいでしょう」

さすがに我慢の限界を迎え、俺は立ち上がった。

男尊女卑の極みともいえる発言、水をかけるのはもはや暴力だろう。それで自らを恥じないのだとしたら、犯罪者となんら変わりない。

「これ以上、皆さんのお時間を割くのは無駄以外の何ものでもない。あとは私が引き受けます」

そう言い放ち前へ進み出ると、わずかに周囲がざわついた。

「あいつは誰だ」「社長の息子の」「ああ、まったく面倒な」

彼女に剥《む》いていた牙をこちらに向け、声をひそめるフリをしながら、俺の耳にまで届くように文句を垂れる。

俺が社長になる頃には、自分は退職しているとでも思っているのだろう。しかし残念ながら、父は早期に代替わりするつもりらしい。彼らが役職を終える前に、俺が社長に就任してしまいそうだ。

いつまでも、のうのうと権力にあぐらをかかせてやるつもりなどない。

必ず粛正する。この時代錯誤なヒエラルキーを。俺の代で壊してみせる。

そう強く決意した。

彼女の腕を引き、「こちらへ」と促すと、不満そうな顔で俺についてきた。

彼女は終始黙り込み、突然割り込んできたこの男は一体誰だろうと警戒している。あるいは、次はどんな仕打ちをされるのかと怯えているのかもしれないが、そんな弱気な素振りは微塵も見せず、厳しく唇を引き結んでいる。

会議場を出て別室に移り、扉を閉めてふたりきりになったところで、俺は濡れた彼女にハンカチを手渡した。しかし、彼女は受け取ることもせず、じっと無表情で佇《たたず》んでいる。

彼女にかけてやれる言葉なんて、ない。労いも。俺は敵側の人間で、彼女をズタズタに切り裂いた連中のひとりなのだから。

「これ以上、君が主張を続けても、誰の得にもならない。もちろん、君自身にも」

だから俺は、これ以上、彼女が傷つくことのないように、諦めろと助言するほかなかった。

「意地を張らずに、金を受け取ってすべてを忘れるんだ」

でないと、ヤツらは何をするかわからない。本当に、彼女の身に危険が及ぶこともあるかもしれない。

俺の言葉に、彼女はギリッと悔しそうに奥歯を噛みしめた。

初めて、憎しみを込めた目で俺を睨んで、そして――。

――パンッ。

乾いた音が室内に響き渡った。俺は頬を叩かれ、勢いのまま首が横に向く。

「あなたみたいな人がいるから、あの子は――‼」

それだけ叫ぶと、これ以上何を言っても無駄と悟ったのか、ぐっと言葉を呑み込み、部屋から飛び出していった。

叩かれた頬が熱を持ってじんと痛む。触れると、彼女がかけられた水のせいで、わずかに濡れていた。

『あなたみたいな人がいるから』

その通りなのかもしれない。現に、権力に媚びているのは誰だ。自分にできること、できないこと、冷静に線を引いて、何もしようとしないのは誰だ。

いつかいつかと言いながら、俺は何もしていないじゃないか。

俺は彼らと同じだ。裁かれても、文句は言えない。

彼女の強い瞳が頭の中にこびりついて、罪の意識を存分に与え続けてくれた。

贖罪のように計画したのは、経営者側と社員たちを公正な立場で監視する監査機関の設立だ。

少しずつ周囲に呼びかけて、協力者を増やし、下準備に二年かかった。

父は、そろそろ俺に社長職を譲りたいと周囲にも言いだしていて、いい頃合いだ。

しばらく保留にしていた千堂家の〝課題〟にも、そろそろ手をつけようかと考え始めていた。

彼女との出会いから二年経ち、粛正、および代替わりの下準備が整い始めた頃、俺はとある資産家の家を訪ねた。

様々な企業の株を大量に保有し、財界の重鎮として名を知らしめている人物だ。

その人脈は日本国内に留まらず、彼が口を開けば中東の石油王だって動くと言われている。

父の代からお世話になっているその人のもとへ個人的に赴き、無理を聞いてもらうせめてもの礼として、高級羊羹《ようかん》を持っていった。

彼は決して金品を受け取らない。というより、少々お金を積んだところで、彼にとってははした金にすぎず、魅力を感じないのだろう。そのわりに羊羹は喜ぶのだから不思議だ。

荘厳な日本庭園を望む和室に通され、俺は畳に手をついて挨拶した。

「ご無沙汰しております。千堂総一《そういち》の息子、柊一朗です」

「千堂の坊っちゃんか。立派な面がまえになって。して、わざわざこんな場所まで足を運んで、なんの用かね？」

見た目は、タヌキ親父という表現がしっくりくる、でっぷりとした老齢の男性だ。人のよさそうな笑みを浮かべてはいるが、荒場《あれば》を潜り抜けてきた貫禄も備わっている。

「そろそろ父が、私にも経営を任せたいというので、そのご挨拶に」

「そうか。君はアレが年をいってからの子どもだからねぇ。可愛くて仕方がないのだろう。存分に腕を振るうがいい。君の手腕次第で、いくらでも協力しよう」

手腕次第、というのが怖いところで、才がないと見限られたが最後、彼は冷酷なほどの素早さで手を引く。それこそ、彼がここまで財を成した所以《ゆえん》なのだろうが……。

「存分に振るわせていただきます」

自分がそこまで無能だとも思わない。恐れることはない、自分がやるべきことをやるだけでよいのだ。

「その豪胆な性格は、父親にそっくりだ。とすると、そろそろあの〝課題〟をやる頃かね。それにしても、本当に面倒な風習だねぇ、そろそろやめにしないのかい？」

腕を組んで唸る彼を前に、俺はニッコリと満面の笑みで答える。

「大切な機会ですから。外に目を向けることは」

グループ外の企業に赴き、就業の経験を積む。それが千堂家当主が代々こなしてきた社長になるための〝課題〟だった。

その裏には、『権力にあぐらをかくな。見聞を広めよ』という戒めが込められていて、一度は味方のない場所で這いつくばって働くからこそ、人の上に立つ力が身につくのだという家訓でもある。

本来であれば、もっと早く、二十代前半にでも終わらせておくべきことだったのだが、身体を壊しがちだった父が代替わりを急いだ関係で、機会を逃してしまった。

父からは、こんな古い慣習に従うことはないと言われたのだが、俺はせっかくだからやらせてくれと頭を下げた。

「わかった手配しておこう」

「それなのですが、ぜひ行ってみたい会社があるので口利きをお願いできますか?」

「ほう。どこの会社だ?」

「新海エレクトロニクス株式会社」

「新海グループの子会社かね。名前くらいは聞いたことがある。なぜそんな小さな会社に?」

「成長率、離職率でいえば、最優良の会社です。学ぶべきことはあるかと」

「その程度なら、探せばほかにいくらでもあるだろう？　わざわざその会社を選んだ理由は？」

「……可愛い女の子がいるんです」

ニッと笑っておどけると、タヌキ親父は「あっはっは」と身体を揺すった。わりとジョークを解する人で、時にはその言葉の裏を察して口をつぐんでもくれる。

「昔からよくも悪くもズル賢い君のことだ。心配はしておらんさ。いいだろう。口を利いてやろう」

「ありがとうございます」

実際問題、新海エレクトロニクスは自社開発や人材派遣など手広く扱っており、中小企業の縮図ともいえる企業だ。

自分のいる場所と同じような会社で経験を積んだところで、意味がない。せっかくなら、全く違う規模で、全く違う業種を経験するのも面白いのではないか……まぁ、ある種のお遊び感覚だった。

もちろん、やるからには本気で売上を立ててやるつもりだ。

何より、この会社には、彼女がいる。

二年前、俺に平手打ちをくらわせた、意志の強さを感じさせる瞳をした彼女。退社後ほどなくして、この会社に入ったのだと知った。

今でも働き続けているところを見ると、どうやらいい会社と巡り合えたようだ。

あの一件以降、どんな女性に出会っても、彼女以上の魅力を感じることはなかった。

俺の意識を変えてくれた正義感の強い女性——再会が楽しみだ。

それから数カ月が経ち、俺は新海エレクトロニクスに派遣社員として雇われた。

そこで出会った彼女は、予想に反しておとなしく、穏やかな女性だった。二年前、俺を平手打ちした時の面影は微塵もない。

それでも接しているうちに見えてきたのは、芯の強さや強情な性格、負けず嫌いな一面。

とにかく、人がいいらしく、彼女について周囲へ探りを入れてみても、褒め言葉しか出てこなかった。

「雉名さーん。今日こそ飲みに行こうよ」

「はぁ？　行かねぇっつってんだろ」

その時出会った雉名は俺と同じ年齢で、人とつるむのが嫌いらしく、いつも周囲からの飲み会の誘いを断ってマイペースを貫いていた。

そういう人間を見ると懐柔してしまいたくなるのが、俺の悪いクセだ。心を開くことができるかと、試されているような気さえする。

「ほら、雉名さん、俺とタメだし。なんだか親近感湧いちゃって」

「知らねーよ。つか馴れ馴れしいな、おい」

「敬称省略していい？」

「はぁ？　好きにしろよ」

「じゃあ、大地」

「気持ち悪いな！　苗字で呼べよ！　距離が近ぇよ！」

結局、なんだかんだつきまとっているうちに一緒に飲みに行く仲になり、俺はある種の達成感を味わっていた。

駅前の焼き肉屋でビールを傾けながら、俺は何も知らない新人のフリで彼から情報を聞き出そうとした。

「総務の立花さん、可愛いよね？　彼氏いるかな？」

「ああ？　ああいうのが好みなのか？」

雉名の視線の先にあるのは俺よりも肉で、ひたすらトングでひっくり返している。

ふたりなら楽勝で食べ放題の元が取れてしまいそうだ。

「確かに立花さんは人気らしいな。可愛い見た目に反して食欲旺盛で、気取らない感じが和むんだと、何人か騒いでるヤツがいたな……そいつらの話によると彼氏はいないそうだ」

「……いつも不思議に思ってるんだが、どうして雉名は飲み会にも行かないのに、そういう話題に詳しいんだ？」

「喫煙所で話す」

「はぁー。なるほどな」

俺も煙草を吸ったほうがいいかな、と思う瞬間だった。確かに、喫煙者同士の連帯感というものは、日頃、迫害されることが多いせいかとても強固だ。

「……まぁ、わからなくもない。控えめで、いつも笑顔で、可愛らしくはあるな」

雉名の口からするすると出てきた褒め言葉に、俺はギョッとして彼を二度見した。

その視線の先は相変わらず肉で、仏頂面だが、彼女に対し『可愛い』と口にした瞬間、わずかに口元が緩んだ気がする……一体、何が起こったのかと目を疑った。

「……もしかして、雉名も立花さんがタイプ？」

「別に。客観的に言っただけだ」

「NOとは言わないんだね」

「ＮＯではないな」

一瞬、危機感を覚えてしまったのは、こういう一見、恋愛に興味のなさそうな男が本気になった瞬間ほど、恐ろしいものはないと知っているからだ。

まさかもう手を出して――と焦りもしたが、彼女と何かしら関係を持っていれば、彼はここまで口を割らないだろう。自分のことに関しては、ダンマリを貫く男だ。

「横からかっさらってくとか、やめてくれよ。雉名、カッコいいんだから」

「お前に言われても、嫌味にしか聞こえねぇなぁ」

「女の子って、君みたいな悪そうな男に弱いでしょ」

「……そんなに言うなら、やってみるかな」

肉をつまみ上げ、ニッと笑った。牽制しているつもりが挑発してしまったらしく、雉名はそういうタイプの男だった、と反省する。

「いや、本当に邪魔しないでほしいんだけど」

「だったら、お前がうちの会社で働いている二カ月間は手を出さないでやるよ。そのあとは知らない」

「二カ月で落とさなきゃならないの？　猶予が短いなぁ」

結局、二カ月の間で彼女を手に入れたのは一瞬で、情けないことにあっという間に見限られてしまった。おそらく、俺の素性に気づいたのだろう。彼女の手の届くところに身分証を置いていた俺の失態だ。

彼女が俺を避けるのは、仕方がないと思う。俺は二年前、彼女を苦しめた連中のひとりなのだから。

どうすればもう一度、話を聞いてもらえるか。

正面突破が無理なら、周囲から固めていくしかない。もう俺の手からすり抜けていってしまわないように。

俺は見合いというかたちを取り、彼女が俺に向き合わざるを得ない状況を作った。

いつの間にか彼女に対して執着を感じていて、なりふりかまっていられなかったのは事実だ。

とにかく、彼女を自分のものにしたいと、気がつけば必死になっていた。

＊　＊　＊

「起きられる？」

調子に乗って彼女の身体を酷使しすぎてしまったかもしれない。疲れてぐったりした様子の彼女は、ベッドに身体を沈めながら、ふるふると首を横に振った。

「もう少し、休ませてください……」

「ごめん。無理させすぎた」

がっついてしまった自分の大人げなさを素直に反省していると、彼女はいまだ潤んだ瞳で「そんなことない」と、か細く漏らした。

「私も……嬉しかったから」

疲弊した顔でそんなことを言われると、今以上に彼女を抱き潰してしまいたくなる。

貪《むさぼ》りたい欲求を抑えるように彼女の身体をぎゅっと抱きしめると、「う、重い」と俺の下で苦しそうに呻いた。

「今日の澪は、異常に素直だ。なんだか信じられない」

「……だって、心配だったんでしょう？　私がちゃんと素直に言葉にしないから」

どうやら彼女なりに反省しているらしく、殊勝な言葉が飛び出す。

「みっともなく嫉妬して悪かったよ。いつもの澪でいい」

「……でも、素直になったら、なんだか楽になれたの。本当は私も甘えたかったのかもしれない……」

思わず目を丸くする。今日の彼女は本当にどうしたことだろう。言葉を失ってしまった。

「あの、そんなに変、ですか？　私が素直だと」

「嬉しい限りだけれど。なんだか幸せすぎて心配になってしまうよ。またベッドから出た途端、いなくなってしまうんじゃないかって」

「あの時は……これ以上、柊一朗さんと一緒にいたら、嫌われてしまうんじゃないかと怖くて……」

当時は、俺自身への魅力よりも、『日千興産』に対する嫌悪感のほうが勝ってしまったのかと、ショックを受けたものだが。

「……俺も、もっと早く君に事実を打ち明ければよかった。不安にさせてすまない」

彼女は涙目で、けれど嬉しそうに頰を赤く染め、俺の身体に抱きついた。

「お腹、空いてない？　それとも、このまま眠ってしまいたい？」

俺の問いかけに、彼女はもじもじと顔を隠しながら「もうちょっと、このままで」と背中に手を回す。

「……なら、そうしよう」

普段は意地っ張りでつれないクセに、こういう時だけはどうしようもなく可愛らしい、恥ずかしがり屋な彼女を腕に抱きながら、俺は目を閉じる。

柔らかな感触に、あまりにも恍惚《こうこつ》とさせられる。もう一度抱きたいという衝動にかられるけれど、疲れ切った彼女を休ませてあげようと、俺は大きく深呼吸をして情欲をならすのだった。


再び目を覚ました時には、深夜零時を回っていた。

シャワーを浴びた俺たちは、冷蔵庫にあったチーズとハム、トマト、葉物の野菜、ドライフルーツで簡単なつまみとサラダを作って空腹を満たすことにした。

「パーティー、ですか？」

ソファに座る彼女は、適当に作ったトマトとチーズのカプレーゼ――本当に切って載せただけなのだが――を頬張りながら、俺の言葉を反芻《はんすう》する。

一応、ふたりの手元にはシャンパンがあって、彼女は酔いすぎないようにちみちみと、丁寧に飲んでいる。

「ああ。水族館のオープン記念パーティーだ。支配人が、ぜひ君も一緒にと言ってくれてね。それを伝えるために、今日、澪に会いに行った――ていうのが口実。本当は、単に会いたかっただけだけれど」

途端に彼女の顔がほんのり赤く染まる。

さんざん身体を重ねたあとでも、初々しい反応をくれる彼女は、それがこちらを煽るとも知らず無意識にやっているのだろう。綻んでしまいそうになる口元をきゅっと引きしめて、冷静な大人の男のフリをする。

「設立に関係した企業が招かれるパーティーで、うちの会社からは社長、つまり父、そして俺と、役員が数名出席する予定だ」

正直言って、うちの会社の役員と澪を引き合わせたくない気持ちが強い。

まぁ、どうせあの連中は、澪の顔など覚えてはいないだろうが、澪の心のほうが心配だ。

「誘われた手前、一応、澪にも話だけは通しておこうと思ったんだが、俺ひとりで行くつもりだ。堅っ苦しい、楽しくもないパーティーだからね」

一緒に行ってくれたら、ありがたい……とは言えなかった。

社交界には同伴者が必須。引き受けてくれると助かるのは事実だが、彼女をそうした世間のしがらみに巻き込むのは躊躇われる。

一応、自分の伴侶となる人に声をかけるのが礼儀のような気がしたから話したが、どうせ今も同伴は秘書に頼んでいるし、彼女さえそれで納得してもらえるのならば、これからも秘書に頼み続けるつもりだ。

澪はうーん、と唸っている。もしかして、悩んでいるのだろうか。

「澪。無理をする必要はない。一応伝えただけで、断ってくれていいんだ」

いっそ伝えないほうがよかったか、と後悔した。

「……そういうパーティーって、普通、その、彼女が一緒に行くものなんですよね？」

恋人としての使命感なのか、彼女が恐る恐る尋ねてくる。

「いつも、柊一朗さんは誰と一緒に行くんですか？」

「大体は秘書だよ。まぁ、恋人を連れていったこともあるけれど、だいぶ昔の話で――」

その途端、彼女が厳しく唇を引き結び、覚悟をするような顔を見せる。

「澪、本当に、無理はしなくて――」

いい、と言おうとして覗き込むと、強い眼差しを向けられ、うっ、と怯んだ。

「もし、柊一朗さんと結婚することになったら、私もいずれはそういうパーティーに出席することになるんですよね」

驚いた。彼女の口から、結婚だなんて具体的な単語が飛び出すとは。

「結婚したとしても、嫌なら無理に付き合うことはない。澪は澪で働いているわけだし、俺の仕事を手伝う必要は全くないわけだから……」

これを理由に結婚を断られては困る、そんな焦りから言い訳のようにまくし立ててしまったけれど。

「……行かせてもらっていいですか？」

彼女の返答に、正直面くらってしまった。どうして、あんなにも嫌がっていた結婚に積極的に……今日の彼女はやはりおかしい。

「……別に、柊一朗さんが、結婚とか……そこまで考えていないのであればいいのですが」

今度はしゅんと目を伏せていじけてしまった彼女に、俺は慌てて弁解する。

「考えているよ。言っただろ。澪と結婚したい。だけど、いいのか？　パーティーに出るってことは……」

かつて澪を傷つけた日千興産の上層部と顔を合わせることになってしまうかもしれない。彼女も察しがついたらしく、ぐっと唇を閉じて押し黙った。

「無理をする必要はないんだ。俺は澪を苦しめたいわけではないから」

彼女の隣に腰掛け、そっと肩を抱いた。なぜかわからないけれど、何かを気負ってしまっている。

すると彼女は思いつめたようにぽつりと漏らした。

「私、柊一朗さんのことが、よくわからないんです」

え?と目を丸くする。こんなにもストレートに愛情表現しているというのに、俺の何がわからないのだろう。

「隠していることは、もうないけれど?」

「柊一朗さんは、私とは別世界の人でしょう?　一体どうやって付き合ったらいいのか、本当に私が釣り合うのか、よくわからなくて」

彼女がぽつぽつと語りだした。

デートで、どこに行きたいかと聞かれても、どこに行けば俺に喜んでもらえるのか、全く想像がつかなかったこと。水族館をも貸し切りにしてしまうようなお金持ちの男性と、どんな風に付き合っていけばいいのか、さっぱりわからなかったこと。

「だから柊一朗さんのいる世界を見てみたいんです」

彼女の決意に胸がぐっと熱くなって、途端に愛おしさが込み上げる。

俺が彼女に歩み寄ることはできても、その逆は難しい。全く知らない世界を想像しろっていうほうが、無理なのだ。

一見、きらびやかな世界。けれど一歩足を踏み入れれば、辟易するほど血生臭く、金と権力ですべてが決まる。

そこに彼女を引き入れようとしているのは俺自身だ。俺と結婚するということは、そういうことだから。

「……わかった。恋人として同伴してくれ」

ここまで決意を固めた彼女を、ただ可愛らしい恋人としてあしらうような真似は、もはや失礼だろう。

俺ができることと言えば、当日、彼女に寄り添い守ってやることくらいだ。

どうか澪が、俺の隣に立ち続けることを選択してくれますように。

祈るような気持ちで、彼女の額に口づけた。

ここまで本気で求めてくれた彼に、私も覚悟を決めることにした。

もう逃れようのないくらいに、彼のことが好きだから。

愛していると言われたことが、本当に嬉しかったから。

愛していると告げた時の、彼の満たされた表情が忘れられない。

ちゃんと、結婚を前提として彼と向き合う。そう決意した。

「もう三時だ。そろそろ寝ないと明日に響くよ」

ソファの上で私を膝の間に座らせて、後ろから抱きすくめる彼。私が『結婚』という単語を口にしてから、彼の頬の筋肉は緩みっぱなしだ。

「さっき少し寝てしまったから、眠くなりませんね」

「たいして寝てないよ。三時間は寝ておかないと、明日一日もたないよ？」

「そうですね……とりあえず、横になることにします」

ふたりで寝室に向かい、大きなベッドに横たわる。すかさず彼が私を抱きすくめ、まるでさっきの続きをしようと誘うみたいに腰の曲線に指を這わせた。

「……寝ようって言ったの、柊一朗さんですからね」

「わかってる。もうこれ以上、澪を酷使したりしないよ」

「言ってることとやってることが、全然違うんですけど。もう」

むうっと膨らませた頬に、彼はチュッと口づけて、今にもとろけそうな笑みを浮かべた。

「仕方ないだろ。嬉しいんだ。澪が俺の腕の中にいてくれる」

「それは……わかりましたから……」

さっきから甘い言葉を連発する彼に、いい加減赤面してたじろぐ。

「私はどこにも逃げたりしませんから……もう、恥ずかしい……」

今から続きを始めたら、明日会社に行ける自信がない。六時に起きて自宅へ戻り、着替えなきゃならないのに。

家に帰ったら、きっと家族に「夕べは千堂さんと一緒だったの?」なんて冷やかされるに違いない。それはそれで憂鬱だ。

こんな日々が続くんだったら、いっそのことこのまま彼と同棲してしまったほうが楽かもしれないなんて考えに思い至り、私はうう―んと悩み始める。

私の葛藤を知る由もなく、彼は「わかってるよ、この続きは次回」なんて、ため息をついて腕枕をしてくれた。

「次に会う時まで、楽しみをとっておくよ。おやすみ、澪」

「おやすみなさい、柊一朗さん」

彼の温もりに包まれると、途端に眠気がやってきた。さっきまで全然眠くなかったのに、まるで魔法にかけられたみたいだ。心地よくて、溶けてしまいそう。

よくよく考えてみれば、さっきは何度も抱かれながらまどろんだ程度で、たいした睡眠も取れていなかったのだろう。

気づかぬうちに疲れがたまっていたらしく、携帯にもともと設定されていた朝七時のアラームが鳴るまで熟睡してしまった。


出社すると、廊下でバッタリ出くわした雉名さんに指を差されて笑われた。

「あっはっは！　昨日と同じ服って。わかりやすすぎるだろ」

「……それ、オフィスでは絶対に言わないでくださいね。ストール巻いてごまかすつもりなんですから」

予想以上に熟睡してしまったおかげで、家に帰って着替える時間がなくなってしまったのだ。午前休をするか、同じ服だと誰にも気づかれないことを祈りながら出社するか、悩んだ末に後者を選んだ。

「で。素直になった結果は……って聞くまでもないな」

「……察してください」

「あーそうかー。穂積のものになっちゃったかー。ひと足遅かったなー」

「何がです？」

廊下を突き進み、総務側の入口へと向かうと、なぜだか彼もついてくる。

一緒にオフィスの中へ足を踏み入れると、ちょうど目が合った上村さんが「あ」という顔をした。

「また雉名さんと一緒……」

「俺が立花さんと一緒にいちゃ、おかしいのかよ」

ふう、と嘆息して、お決まりのように私の頭をかき交ぜて去っていく。

何？　雉名さんは、私の頭をなんだと思っているの？　撫でるといいことでもあるのだろうか、どこかのお地蔵さんみたいに。

上村さんは案の定、ぽかーんとした顔で雉名さんの背中を目で追いかけている。

「やっぱり、雉名さんは立花さんのことが好きなんですかねぇ？」

「それはないよ。うん」

「うらやましいなぁ、立花さん……私も雉名さんにかまってもらいたい……」

予想以上に直接的なセリフに、私はギョッと上村さんを見た。

彼女の瞳が雉名さんへの興味どうこうではなく、すでに恋する乙女モードであることに、今この時、初めて気がついた。

「……上村さん？　ところで、どうして雉名さんなの？」

「だってカッコいいじゃないですか。ワイルドなところとか、気取らない感じとか」

「……結構な年の差だけど、いいの？」

「七つって、年の差っていいます？」

「えぇーっと……、え、いや、そんなことは」

うろたえながら手をパタパタと横に振る。

主観の問題だけれど……まぁ、二十歳と十三歳じゃ犯罪になってしまうが、三十歳と二十三歳ならなんら問題はないだろう。

けれど、上村さん自身も年の差については引っかかっていたらしく、しょんぼりとうつむいた。

「……やっぱり、私じゃ相手にしてもらえないかなぁ」

私までいたたまれない気分になって、ふう、と肩を落とす。

どうしてよりにもよって雉名さんなのだろう。背中を押してあげるにも、相手の難易度が高すぎる。雉名さんのあの性格じゃ、キューピッドも受け付けてくれないよ。

ちなみに、忘れちゃいけない、ここは総務部のオフィスのど真ん中。

斜め前には山本さんが座っているし、少し離れたところには強面総務部長もいる。

総務部長のところまで、恋バナが届いていないことを祈りつつ、とはいえ、山本さんには確実に聞こえているだろうなぁと肝を冷やす。

すると、フッと、山本さんが口元を緩ませた。

あ、笑ってる。もしかして、こういう話題、そこまで嫌いじゃないのかもしれない。

ああ、よかった、総務部長に無駄口を叩いていると報告されてしまう危機は回避できそうだ。

「雉名さんって、どういう女性が好きなんでしょう」

デスクに頬杖をついて呟く上村さん。残念ながらその問いは私にも答えられない。

そういえば、彼、私のことは冷やかすクセに、自分の恋愛の話は全くしてくれない。

それもフェアじゃないんじゃない？と、もやもやがじわりと込み上げてきた。私の恋人を知っているのだから、私だって雉名さんの、せめて恋人がいるかどうかくらい聞いたって許されるはずだよね？

「……今度、機会があったら彼女がいるか聞いてみるよ」

「じゃあ、年下は何歳までいけますかって、聞いてきてくれませんか」

「えっ……」

さらりとハードルを上げられてうろたえる。とはいえ、上村さんのキラキラした期待の眼差しを裏切るのも忍びない。

「先輩、お願いしますね！」

こんな時だけ先輩って呼ぶなんて……都合よすぎだよ、上村さん。

なんだか泣きたい気分だ。先輩って損だなぁなんて思いながら「はい」と首を縦にしておとなしく従うのだった。

翌日の夕方。私は再び段ボールを取りにフロアの端にある資材置き場へ向かった。

今日は珍しくパソコンチェアを押していない。雉名さんに頼むこと前提で、あらかじめ連絡を済ませておいたのだ。

私がひと足先に着いて、お目当ての段ボールが詰まれたラックの前で待っていると、通路の手前から彼が気だるく歩いてきた。

「よう。素直に頼む気になったか」

「はい。わざわざ呼び出してすみません。アレ、お願いします」

「男ができると変わるもんだなー」

冷やかしを交えながら、雉名さんは段ボールへと手を伸ばす。

「そういう雉名さんは、彼女はいらっしゃらないんですか？」

「いない」

「へぇ……」

今だ、この流れ！　上村さんから頼まれた質問をするには、今しかないよね。

大きく息を吸い込んで気合いを入れると、意を決して尋ねてみた。

「……雉名さんって、おいくつくらいの女性が好みですか」

段ボールをひょいと軽く持ち上げ、歩き始めた彼は、胡乱気《うろんげ》な眼差しで私を睨んだ。

「なんだよ、おいくつって。年齢？」

「はい。例えば、年下なら何歳くらい、とか……」

「そんなこと聞いてどうすんだよ。お見合い相手でも紹介してくれるのか」

「こ、後学のために……」

なんの後学だ、と自分にツッコミを入れながらも、私はへらへらと愛想笑いを浮かべた。

雉名さんが、嫌そう～な目を私に向ける。私のことはさんざん冷やかしていたクセに、いざ自分のことを聞かれた途端不機嫌になるだなんて、ちょっとズルい……。

「……あんたはいくつだ」

「……二十七です」

「じゃあ、そのくらい」

「え」

何、その雑な答え。どうして私が出てくるの？　絶対に適当だ。

「ええと……つまり、二十代中盤くらいってことですかね？」

二十七歳を中盤と言っていいのかわからないけれど、中盤なら上村さんの二十三歳も含まれるような気がして、期待を込めてやんわりと範囲を広げてみる。

すると雉名さんは、突然ぴたりと足を止め、眉をひそめて私のことをまじまじと観察した。

「あんたって、本当に鈍感だよな」

「へ⁉」

突然の鈍感呼ばわり。なんで？　何がいけなかったの？　やっぱり、二十七歳は二十代中盤じゃなくて後半だった？　サバ読んでるみたいに思われちゃったかな……。

「……二十代後半のほうがよかったでしょうか……？」

「いや……そういうことじゃなくて」

雉名さんは顔を背けると、嘆かわしげに「ふう」と、深く深く息をつく。

あれ、私、何か呆れられるようなこと言った？

「人が親切に仲を取り持ってやったっていうのに、なんだって試すようなこと聞いてくるんだ。それが無意識だとしたら、穂積が泣くぞ」

ぶつぶつと悪態をつき始めたから、キョトンとして雉名さんを眺める。

すると、急に雉名さんが手元の段ボールを私へ押しつけてきた。

「へ？　雉名さ――」

段ボールは持てる程度の重量ではあるのだけれど、私の場合、抱えてしまうと大きすぎて視界が遮られる。

「き、雉名さん！　前が見えない……！」

足元をフラフラさせていると、彼はすぐ横にあった会議室のドアを開け放ち、段ボールごと私を招き入れた。

誰もいない会議室に押し込まれ、彼が後ろ手にドアを閉める。

会議卓の上に段ボールを置くと、なぜか彼は私の身体を壁へと押しつけた。

「っひゃあっ」

ドン、と大袈裟な音をたてて彼が壁に手をついたから、驚いた私は目をつぶった。

恐る恐る目を開けてみると、すぐ目の前で不機嫌に私を見下ろす彼。

「何が聞きたいんだよ。俺の好みを探ってこいとでも言われたのか？」

ヤバ、気づかれてた。思いのほか鋭い椎名さんに、私は首を傾げ笑ってごまかそうとする。

それにしてもどうして壁ドンなのだろう？　尋問のため？　距離が近すぎて、落ち着かないのだけれど。

「あの……気分を害してしまったんでしたら謝ります。……なので、離れてもらえませんか？」

けれど椎名さんは離れるどころか、私の顎をすくい上げ顔を近づけてきた。

「キスしてくれたら離れてやるよ」

「へ？」

ぐんぐん唇が近づいてきて、私の頭の中はパニックになる。

なぜ？　どうしてこんなことを？

危うく唇が触れそうになり、とにかく逃げなきゃと必死になった。

でも、雉名さんの胸に手を突っ張っても、その身体はびくともしない。

「やめ……て、くださいってば……」

もちろん、彼が本気になったら、力で私がかなうわけもない。

まさか力尽くでキスするつもりなの？　そんなのひどい！

混乱した挙句、つい――。

「嫌ぁ！」

パァン！と、乾いた音が会議室内に響き渡る。彼の左頬に思いっきり平手打ちをくらわせてしまった。

「っつ……痛って……」

雉名さんは、さすがに私から離れてくれたけれど、すごく痛そうに呻いている。

すぐに冷静さを取り戻し、蒼白になった。

どうしよう……人生二回目の平手打ちをしちゃった……。

「ご、ごめんなさい……」

一回目の時に、暴力はよくないって、かなり反省したはずなのに。呆然として、飛び出してしまった右手を胸元に押さえ込んだ。

「……その、急にそんな悪戯するからびっくりして――」

あわあわと言い訳しだした私を、雄名さんがギリッと睨む。

「悪戯じゃねぇって、この鈍感女」

赤くなった頬を押さえながら、ずいっと再び私の身体を壁に押しつけた。

「っちょ、雄名さん……!?」

「穂積じゃないと、ダメなのか？」

「え……？」

怒ろうとしたけれど、その顔があまりにも真剣だったから、何も言えなくなってしまった。

「なぁ。あいつのどこが好きなんだ？　顔？　性格？　それって俺にはないものなのか？」

真面目な顔でそんなことを聞いてくるものだから、「へ……？」と声が震える。

「俺じゃあ、代わりになんねぇの？」

「どうしちゃったんですか、雄名さん……」

「言っただろ、気に入ったって。その強情で、負けん気の強い性格に惚れたんだ」

もしかして、雄名さん、本気で言ってるの……？

彼の手が私の頬に触れ、思わせぶりに乱れた髪をかき上げた。

「穂積だったら、気の強い女なんか嫌だと言うだろう。俺なら、あんたのそういう生意気なところも、受け止めてやるよ」

もう一度、キスしようと唇を近づけてくる。

私は、雉名さんの手を振り払い、その胸を強く押し返した。

「雉名さんは全然わかってない……」

きゅっと唇を噛みしめて反論する。

雉名さんは眉間に皺を寄せ、わずかに首を傾げた。

「私、強くなんかありません……そりゃあちょっと、強情で素直じゃないところもありますけど、そんな自分、好きじゃないし、認めてもらっても嬉しくないし……」

本当は、もっと素直に甘えたい。弱くて、脆くて、自信のない私を、受け入れてもらいたいって思ってる。

気が強く見えているんだとしたら、それはほんの一部にしかすぎない。本当は悩んでばかりだし、強くい続けることなんて私には無理だ。

「柊一朗さんは、そんな私のこと全部、ちゃんとわかってくれていますから……」

私のダメなところも、いいところも、全部知ったうえで好きだと言ってくれた。

『強さ、弱さ、優しさ、脆さ、いろいろなものが複雑に合わさって、魅力を放っているんだ』

そう言いながら、頑なな私の心を解きほぐしてくれたから――。

「私、柊一朗さんじゃなきゃダメなんです！」

言うなり雉名さんを突き飛ばして、会議卓の上の段ボールを抱え上げた。よたよたとしながらも、ひとりで総務部に運ぼうと、なんとか会議室を出る。

廊下を歩き始めたところで「おいこら、何ひとりで運ぼうとしてる」と、後ろから雉名さんの長い腕が伸びてきて、私の手の中の段ボールを奪い取った。

「で、でも……」

私は雉名さんを突き放してしまったのだから、これ以上手伝ってもらう権利なんてない、と考えたのだけれど。

「本っ当に強情だな。穂積も、よくもまぁこんな女を選んだもんだ」

どうやらそんなことは関係なく手伝ってくれるみたいだ。さっさと廊下を歩きだし、総務部のドアの前で「開けてくれ！」と命令する。

総務部に到着し荷物を端に置くと、雉名さんの姿を見つけた上村さんがパッと笑顔になった。

「雉名さん、お疲れさまです！　って、あれ？　なんだか、頬が赤くありませんか？」

わずかに腫れている左頬を指差し、上村さんが目を丸くする。雉名さんは不機嫌な顔で頬に手を添えた。

「ん、あー……そこで転んだ」

なかなかに無理のある言い訳をしたもんだから、私はいたたまれず目を逸らした。大の大人が転ぶ？　しかも、顔面打ちつける？　けれど、上村さんはあっさりと信じたらしい。

「ええっ⁉　大変！　ちょっと待っててくださいね？　今、冷やすもの持ってきますから！」

休憩室の冷蔵庫に向かって、パタパタとかけていく。

ちらりと雉名さんを見ると、彼も横目で私をうかがっていて、目が合った瞬間、お互いに逸らしてしまった。

「……ごめんなさい」

「謝るな。そういう時だけ素直にならなくていい」

ボソリとひと言返して私に背中を向けると、雉名さんは上村さんのいる休憩室にのんびりと歩いていった。

次の日曜日。私は柊一朗さんとともに都内にある高級サロンに向かった。

今晩、水族館のオープン記念パーティーが開かれる。

着替えやヘアメイクは、全部サロンでお願いできるらしく、身ひとつでくればいいと柊一朗さんに言われていた。

「いつもはドレスだけれど、お見合いで着ていた振り袖がとてもよく似合っていたから、和装にしたよ」

そう言って用意してくれたのは、白地に紅のぼかしが入った、きらびやかな訪問着。お見合いで着ていた振り袖よりも、ぐっと大人っぽい、上品で華やかな草花模様。

その辺に売っているものとは生地からして違っていて、きっととても値の張る一品なのだろうと思った。

「振り袖ではないんですね」

「君は俺の婚約者だからね」

『婚約者』という響きに高鳴る鼓動。礼儀正しくしなくちゃ、と身を引きしめる。

サロンスタッフに着付けをお願いして、いつもより少しだけ大人っぽいメイクを施してもらった。とはいえ落ち着きすぎてしまわないように、髪を華やかに巻き上げて大きな牡丹のかんざしをつけてもらう。

鏡の前に立つ自分は別人のようで、キラキラと輝いて見えた。

その隣に、光沢の強いスリーピースのスーツを着てドレスアップした柊一朗さんが並べば、途端にその場の空気がパーティー仕様に様変わりする。

「綺麗だよ、澪。誰にも見せたくない。でも、皆に見せびらかして自慢してやりたい」

「ふふ、どっちですか」

矛盾だらけの感想はツッコミどころが満載。でも、私が柊一朗さんへ抱いた感想も似たようなものだからよくわかる。

この着物も、綺麗なかんざしも、すべて柊一朗さんが見立ててくれた。今日の私は、柊一朗さんのオーダーメイドだ。

「会場に着いたら、決して俺から離れないで」

「はい……わかりましたけれど、何かあるんですか？」

「何があるかわからないからだ。手の届くところにいないと守れないだろう」

柊一朗さんが何を言いたいのか、いまいちよくわからなかったけれど、きっと場慣れしていない私を気遣ってくれているのだろう。

サロンを出ると、お迎えの車が止まっていた。漆黒に光るボディの、やたら車体の長い高級車——これが噂に聞くリムジン？

運転手とは別に、もうひとり品のいいスーツ姿の男性が待っていて「お迎えにあがりました」と恭しく挨拶をしてくれた。

「彼は千堂家専属の使用人の田中《たなか》さんだ」

「し、使用人……」

本当に家に使用人がいるんだ……と浮世離れした単語に妙な緊張感を覚えながらも、軽く身体を傾けて挨拶する。

本当はもっと深く頭を下げようとしたのだが、着物の帯が邪魔でうまく身動きが取れなかった。そんな私にも、田中さんは綺麗に腰を折り曲げてくれる。

私たちは車に乗り込んで、都内にあるホテルへと向かった。

地下駐車場で車を降りた途端、大勢のスタッフが頭を下げて一列に並んでいるのが目に入り、私は思わず身をすくめてしまった。

ホテルって、お金持ちのお客様が相手だとこんな待遇をするんだなぁ……。

柊一朗さんからしたら見慣れた光景なのだろうか、顔色ひとつ変えず、平然としている。

「早く着いてしまったね。少し部屋で休もうか」

そんな柊一朗さんの言葉を受けて、品のいいホテルマンが私たちを二十九階へと案内してくれた。

客室としては最上階にあるというそのフロアは、広々とした廊下にフカフカの絨《じゅう》毯《たん》。ところどころ生花やオブジェが飾られており、高級感が漂っている。ホテルにしては、ドアの数が少ない。きっと部屋のひとつひとつが、とても広いのだろう。

大きくて立派な両開きの扉の前で、ホテルマンはカードを滑らせロックを解除する。

扉を押し開けると、想像以上に大きなリビングルーム。西洋の宮殿を思わせる華美な調度品。窓の外に広がる、壮大な都心の眺望。奥に続く廊下には、たくさん扉がついていて、一体何部屋あるのだろうと眩暈がしてきた。

「ここ……」

明らかにスイートルームだ。生まれて初めてこんな豪勢な部屋に足を踏み入れた。

圧倒されている私の手のひらに、彼はスペアのカードキーを置く。

「俺の部屋だ。好きに使ってくれてかまわない」

「ええっと、一応聞きますけど、俺の部屋って、今日はってことですよね……？」

「いや。半永久的に」

「っ、て、ええ⁉」

どういうこと？　ホテルに自分の部屋があるの？　それも、こんなに豪華な……？

「このホテルは、千堂家の系列企業が管理しているから、わりと自由にできるんだ」

言葉をなくしていると、いつの間にか脇に控えていたバトラーが紅茶を注ぎ始めた。あたりに上品な香りが漂う。

テーブルの上には三段になったケーキスタンドが置かれていて、一番上には、色鮮やかなフルーツゼリーとミニケーキ、中段には小ぶりなパンと焼き菓子、下段にはサンドウイッチ。そして脇にあるバスケットにはスコーン、クロテッドクリーム、ジャムのセットが入っていた。その様子はさながらティーパーティーだ。

「……美味しそうですね」

「いくらでも食べていいよ」

「さ、さすがに、今は食欲が……」

普段なら、真っ先にとびついていただろうけれど、慣れない場所に慣れない服、しかも帯がぎゅっとお腹を締めつけていて、食欲が湧かない。

一番食欲を減退させた衝撃的な出来事は、柊一朗さんが想像以上にＶＩＰだったことだけれど。

「無理に食べなくてもいいよ。少し休憩してからパーティーに向かおう」

柊一朗さんは私の手を取り、長いソファの真ん中に座らせてくれた。

彼も斜め前に座り、コーヒーを味わい始めたのだけれど……。

柊一朗さんとの距離が、遠いな……。

この広いソファでは、手を伸ばしても彼に届かない。なんだかひとりぼっちになった気がして、落ち着かない。

物理的な距離だけじゃない、心の距離も。彼が遠いところに行ってしまったような気がして、なんだか胸がスカスカするのだった。

パーティー会場は二十五階にあった。広々としたホールには、絵画や装飾品の数々が飾られていて、高い天井からは巨大なシャンデリアが下がっている。

見るからに一流の品を身に纏ったセレブたち。目に映るものすべてが輝いて見えて、怯んでしまう。私は緊張からごくりと喉を鳴らした。

「今日は、会社の役員としてではなく、一個人として訪問することになっている。水族館には千堂家からも幾分かは出資しているからね」

個人で出資するってどういうことなんだろう。なんだか規模が大きすぎてよくわからなくなってきた。

「だから秘書もつけなかった。これで多少は面倒事を避けられるだろう。今日はずっと君のそばにいられる」

萎縮する私の肩に手を回し、守るようにきゅっと抱き寄せる。

つまりは、身動きしやすいように、取り計らってくれたってことだよね……？

彼は、着物で歩きづらい私にペースを合わせて、ゆっくりと歩いてくれる。

「柊一朗さん、お久しぶりです」

正面から声をかけてきたのは、胸元がギリギリまで開いたドレスを纏う派手目な女性だった。大きすぎる胸が今にもドレスからこぼれ落ちそうでヒヤヒヤする。どこに視線をやればいいのだろう？

美女という言葉がぴったりだが、目元の皺がわずかに隠しきれておらず、私よりひと回りくらい年上であることを匂わせていた。美女というよりは美魔女だ。

「お久しぶりです、九条《くじょう》さん。今日も変わらずお美しい」

柊一朗さんの応対を聞いて、歯の浮くような褒め言葉はこういう状況の副産物だったのか、と納得した。

女性は、褒められて当然という顔で高慢に微笑む。

「今日はずいぶんと可愛らしいお嬢さんをお連れなのね」

彼女の興味が突然こちらに向いたので、私は慌てて会釈をした。

褒めているようで、その口ぶりは完全に見下したもの。私の頭のてっぺんから足の先まで、品定めするようにじっとりと視線を流す。

「新しい秘書の方？」

観察した結果、彼女が導き出した私と柊一朗さんの関係はそれだったらしい。とても恋人には見えなかったのか、あるいは、認めたくなかったのか。

「お褒めいただきありがとうございます。私の婚約者ですよ」

柊一朗さんの言葉に、その女性の笑みが引きつった。どうやら後者だったみたいだ。

「それは失礼。柊一朗さんの好みと、ずいぶん違うようだったから」

どういう意味？となんだかちょっとムッとしながらも、表面的には笑顔を装う。

それとも本当に、柊一朗さんの歴代の彼女たちは、もっと大人っぽい――それこそ、この女性のようにゴージャスかつグラマラスなレディだった？

もやもやとする私の心中を察したのか、この女性が立ち去ってすぐ、柊一朗さんは私の耳元に囁きかけた。

「気にするな。君が若くて綺麗だから、嫉妬しているんだ」

そうだといいなぁと思いながらも、すぐさま次の客人がやってきて、柊一朗さんに話しかける。次。そしてまた、次。

どんな相手が来ても、柊一朗さんはペースを乱さず、完璧に対応する。

そこには、普段の飄々《ひょうひょう》としたものではなく、経営者一族の跡取り息子としての風格が漂っていた。見ているこちらが息苦しくなるほど、彼の所作には隙がない。

「……柊一朗さん？」

思わず不安になり、声をかけた。

「ん？　澪、なんだい？」

私へ向ける笑顔は、いつも通りの優しいものだけれど、言葉使いが普段とはちょっぴり違う気がする。

「……お知り合い、たくさんいらっしゃるんですね」

「挨拶ばかりさせて、すまない。私も、こういう堅苦しいのは本当に気が滅入るのだけれど」

彼が私の前で、自分のことを『私』と称した瞬間、いつもの彼でないことがわかった。今の彼は、千堂家の跡取り息子としての彼なんだ。あるいは、日千興産の専務だろうか。スイッチが入っていることは確かだ。

やがて、人目を避けるかのように黒いスーツの男性がやってきて、柊一朗さんに耳打ちした。

柊一朗さんは、フッとわずかにため息を漏らし、困ったように眉をひそめる。

「どうやら父の到着が遅れているらしい。すまない、澪。面倒なことを任されてしまった」

そう呟いて、おもむろに首元のタイを引きしめる。

やがて壇上で挨拶とスピーチが始まった。水族館を経営する会社の社長が謝辞を述べ、先日私たちを案内してくれた支配人が簡単なスピーチを始める。

「澪。ここにいてくれ」

突然、柊一朗さんがそんなことを言って、会場の前方に向かって歩きだした。私は何が起きたのかもわからず、呆然とその場に立ち尽くす。

やがて、マイクを手にした司会者が「次は、日千興産株式会社専務、千堂柊一朗様より、お祝いの言葉を――」と切り出し、私はやっと状況を理解した。

到着が遅れているお父様の代わりに、挨拶をお願いされたんだ。

壇上に上がる柊一朗さんは、まるで別人のように見えた。権力、財力、あらゆるものを手にした、頂点に君臨するオーラが全身から溢れ出ている。

と、同時に、ロマンス映画の主演俳優のような美貌で、会場にいた女性たちの視線を釘づけにする。

もちろん、私も例外ではなく、その一挙手一投足に魅了され、自分の婚約者だということも忘れて、どこか他人事のように眺めていた。

原稿もなしに、内容を考える時間もたいしてなかったはずだろうに、すらすらと祝辞を述べ始める。

「ただいまご紹介にあずかりました日千興産専務取締役、千堂と申します。本日は、東京サンライト水族館の開業にあたり、心からお祝いを申し上げます」

その姿があまりにまばゆく秀麗で……。

別人みたい、じゃない。別人だ。私の知っている彼じゃない。

思わず身震いがした。私が軽々しく隣にいた男性は、実はとんでもない人だった。

無意識に一歩、足を後ろに引いてしまった時、背後から肩に手を置かれた。

「おい」

小さな、けれどよく伸びる低い声が耳を掠める。

思わずびくっと肩を震わせ振り返ると。その人物は両手を掲げ「俺だよ、俺」と慌てて弁解した。

「え⁉　き、雉名さん⁉」

スピーチの邪魔にならないように声を押し殺しながらも、内心悲鳴をあげる。

どうしてこんな場所に彼がいるのか。しかも、彼にしては珍しくめかし込んで。髪は綺麗に整えてあるし、高級感のある立派なスーツを身に纏っている。

中小企業で働いているとは思えないほどの洗練された佇まい、まさにこの会場に見合う立派な紳士に変貌していた。

彼はシーッと人差し指を立てる。背伸びして彼の耳元に近づくと、私が話しやすいように腰を屈めてくれた。

「どうして、こんなところに」

「それはこっちのセリフだ、と言いたいところだったんだが」

腰を屈めたまま、雉名さんは壇上を見上げる。

「あいつ、千堂財閥の人間だったのか。なるほどな」

納得したように、ふん、と楽しげに唸る。

「雉名さんこそ、どうしてここに」

「あー……ここの関係会社の筆頭株主が親戚でな。無理やり出席させられたんだ」

「筆頭株主って……」

「新海商事っていう――」

「えっ」

思わず大声をあげそうになってしまった私の口を、雉名さんの大きな手が塞ぐ。

「声が大きい」

「もごっ――」

だって、新海商事といえば、誰もが名を知る大企業、それこそ日千興産と名を連ねるような、全世界に拠点を持つ名門企業だ。

私が勤める会社、新海エレクトロニクスも新海グループの子会社である。ただし、末端も末端。事業内容としては分離されており、親会社とはほぼ接点がない。

「そんな家柄なのに、どうしてうちの会社にいるんですか……？」

「あー……経営とか、興味ないんだよ。普段はこんなパーティーにも顔を出さないし、なんとか理由をつけて逃げ回っていたんだが、今回ばかりはお偉いさんが来るとかで、出席しろと親がうるさくてな――って、俺のことよりも、問題はあっちだろう」

雉名さんは再び目線を壇上へ向ける。ちょうどスピーチが終わったところで、彼の笑顔に向けて会場から万雷の拍手が沸き起こった。

「あんた、知ってたのか？　あいつの正体」

「なんとなくは……」

「ずいぶんととんでもない男に手を出したな。あれは厄介だぞ」

自分でもそう思う。今この瞬間に、やっと気がついた。彼は、私なんかがおいそれと近づいちゃいけない人種だったんだって……。

彼が降壇しても、まだ拍手は鳴りやまない。特に女性は黄色い悲鳴をあげて、彼を取り囲んだ。

その中から、ひとりの女性が一歩前へ進み出て、柊一朗さんの手を取った。テレビや雑誌で見たことのある顔——確か有名なファッションモデルだ。背の高いとびきりの美人で、透け感の強いドレスは禍々しいまでの色気を放っていた。

「……あれは、東原《ひがしはら》一族の名物令嬢だったか。財界のとんでもない権力者一族だ」

その女性を遠巻きに眺めながら、雉名さんが解説をくれる。

「……知っています。セレブ一家で有名なモデルさんですよね。それから、彼女の兄は——」

日千興産の現常務……。

ぞくっと背筋が寒くなった。あのセクハラ事件を起こした当事者だ。

だからこそ、経営幹部は死に物狂いで事件を隠蔽し、常務を守ろうとした。常務を敵に回すということは、東原一族を敵に回すことを意味する。莫大な財源が失われかねないからだ。

……もしかして、常務もこのパーティーに来ているのだろうか。

だとしたら、私の顔を見られるのはマズい。きっと恨まれているに違いないから。

顔を伏せて小さくなっていると、雉名さんは柊一朗さんに視線を向けたまま「見ろよ」と眼差しを鋭くした。

ちらりと目を向けると、柊一朗さんが眩しい笑顔を浮かべながら、ご令嬢の手を取り、その甲にキスをしたのが見えた。

ご令嬢は柊一朗さんに懐くように手を絡め、エスコートをせがんでいる。

「あの女、独身だと思ったが、もしかしてあいつを狙ってんのかな」

柊一朗さんは絡みついてくるご令嬢の手をやんわりとほどき、その場を去ろうとする。けれど、すがりつくように腕に手を回され、困ったような微笑を浮かべた。

「ずいぶんと気に入られているみたいだな。まぁ、嫌でも強くは拒めないだろう。彼女を味方につければ、莫大な資産を動かせる。自分に好意を持たせておいたほうが得だからな」

ぎゅっと、胸が締めつけられる。

何も持たない自分と、権力もお金も美貌も兼ね備えた彼女。

もしかして、ああいう女性と結婚したほうが、柊一朗さんのためになるのでは……。

雉名さんは、私の不安げな顔をじっと観察すると、何を思ったか突然私の腕をつかみ、引っ張った。

「おい」

ぶっきらぼうな声が、頭上から放たれる。

「出るぞ」

「え……？」

「いいから来い」

言うなり、私の腕をつかんだまま、出入口へ向けてぐんぐんと歩きだした。

そして会場をあとに、ハイクオリティなフカフカ絨毯を悲しいくらい乱暴に踏みつけ、ホテルの廊下を突き進む。

はだけそうな着物の裾を押さえ、私はよたよたと彼に引っ張られていくしかない。

「き、雉名さん⁉ どこへ行くんですか」

「ここにいたくないんだろ。だからあんな顔してた。違うか」

「それは……そうですけど……でも」

だからって、柊一朗さんを置いて姿をくらますわけにはいかない。

雉名さんの手を振り払おうとするけれど、彼の力は強すぎて、中途半端な私の決意じゃびくともしなかった。

「あんたみたいなごく普通の女の子が、あいつの隣にいたって、幸せになれるわけがない」

その言葉に、胸が痛む。もしかしたら、その通りかもしれない。

「別に、金や名声が欲しいわけじゃないんだろう。だったらやめておけ。苦しむだけだから」

そう告げて、雉名さんは私をエレベーターの中に押し込もうとする。

「待って！　私、勝手に行くわけには――」

だって、柊一朗さんが心配する。

俺から離れるな、と言ってくれたのに。

「言っただろ。これ以上深入りするなって。今ならまだ間に合う」

私をエレベーターの奥へ押しつけて、雉名さんは威圧するように説き伏せる。

けれど……私はぶんぶんと首を横に振った。今ならまだ間に合う？　ううん、もう遅い。彼のことを愛しているもの。

そして彼も、私のことを愛してくれている。

彼の悲しむ顔を見たくない。私のせいで、彼を苦しめたくない。

「やっぱり私、戻ります」

雉名さんの腕を振り切り、エレベーターの外に向かって飛び出そうとした、その時。

「澪‼」

通路を走ってくる柊一朗さんの姿が見えた。さっき壇上に立っていた時とは全然違う、余裕のない眼差しで。

「柊一朗さん！」

エレベーターから降りて、急いで駆け寄ろうとすると——。

「……行かせない」

背後から低い囁きが聞こえてきて、雉名さんの長い腕が私の身体に巻きついた。

後ろにぐいっと強く引っ張られて、雉名さんの胸元に倒れるようにしてエレベーターの中へ引き込まれる。

私と柊一朗さんの間を隔てるように、無情にも扉は閉まり、エレベーターは足元をすくうような感覚とともに降下を始めた。

「——柊一朗さんっ！」

雉名さんに抱きしめられ、私は愕然と閉じられた扉を見つめていた。

パートナーの条件

「バカバカ！　雉名さんのバカ！」

「痛ってて」

下降を始めてしまったエレベーターの中で、私はポカポカと雉名さんを叩きながら大暴れしていた。

また柊一朗さんに誤解させてしまった。もう二度と、嫉妬なんてしてもらいたくなかったのに。

「落ち着けって。あいつの隣にいることに怖気づいたんじゃなかったのか？」

「そりゃあ、ちょっとは躊躇いましたけど」

そもそも、彼を悲しませることをするなんて、論外だ。私は柊一朗さんを愛しているのだから。周りの目とか、しがらみよりも、優先すべきは彼の意思。

そして彼は、私がいいと言ってくれたのだから、あとは信じるしかない。

エレベーターが一階に着き、扉が開いた瞬間、私は雉名さんの腕を振り切って外に向かって飛び出した。

「私、戻ります！　たとえ苦しむことになっても、私はやっぱり柊一朗さんがいい！」

すかさず隣のエレベーターに飛び乗り、操作パネルの二十五階を押す。

「立花！」

彼の手が伸びてくる寸前、エレベーターの扉が閉まる。

雉名さんに心の中でごめんなさいと謝って、私はひとり上層階へと向かった。

二十五階へ到着しエレベーターを降りると、すでにその場に柊一朗さんの姿はなかった。会場に戻ったのかもしれない。ホールをぐるりと囲むように配置された廊下を進み、入口へと急ぐ。

着物の裾がもどかしい。本当は柊一朗さんのもとに走っていきたいくらいなのに。

会場からはマイクを通した誰かのスピーチが響いてくる。別の会社の重役が挨拶をしているのだろう。

そそくさと歩みを進めている途中、グレーのスーツを着た背の高い男性とすれ違いざま、肩が触れてしまった。

「すみません」と謝り、その男性の顔を目にした瞬間、私の頭は真っ白になった。

――常務！

目の前にいたのは、あのセクハラ事件の当事者であり、私の同期を追いつめた人物。

咄嗟に顔を伏せ、バレないようにうつむいた。ドクドクと鼓動が高鳴る。

一刻も早くその場を離れようと、私は足を速めたものの、「おい、お前」と、背中から声をかけられて、サッと全身の血の気が引く。

気づかれた……⁉

振り向いてはマズい、と声が聞こえなかったフリをする。けれど、即座に追いかけてきたその男に手首をつかまれ、「きゃっ」と悲鳴をあげた。

振り向けば、男は恐ろしい形相で私を睨んでいる。身の危険を感じ、膝がガクガクと震え始めた。

「やっぱり、お前だったんだな。会場で見た瞬間、すぐにわかった」

目の前にある男の顔が、みるみるうちに怒りに歪んで赤く染まった。

私の腕をへし折りそうな勢いでつかみ、ぐいっと乱暴に引っ張り上げる。

「どうしてお前が専務の隣にいたんだ！　どうやって取り入った！」

「きゃあ！」

ひとけのない通路に連れ込まれ、首元を強くつかまれる。ドン、と壁に押しつけられて、本気で命の危険を感じた。

男の大きな手の中に私の首はすっぽりと収められ、そのまま力を込めれば喉などあっさりと潰されてしまいそうだ。

「貴様には、私の顔に泥を塗った罪を償ってもらう。二度と専務の隣など歩かせん！」

そう吐き捨てると、私の腕を乱暴につかんだまま細い通路を突き進み、従業員用の簡素なエレベーターに私を押し込んだ。

「放して――」

「うるさい！　黙れ！」

一瞬で迫力に気圧されて、悲鳴さえも出せなくなった。口をパクパクと動かしながら、恐怖で声をなくした喉を押さえる。

男は十七階のボタンを押すと、すかさず扉を閉めた。

その階に何があるのだろう。私はどこへ連れていかれるのか。

あまりの恐ろしさに、エレベーターがそこへ着くまでじっと震えて待つことしかできない。

チーンという軽快な音を響かせて扉が開くと、そこには長い廊下があり、客室の扉が延々と並んでいた。

部屋に連れ込まれてはマズい。

再び身の危険を感じ、逃げ出そうと暴れるけれど、男の力には全くかなわない。

「安心しろ。手荒な真似はしない。お前に然るべき制裁を下すまでだ」

反論してやりたいのに、こんな時に声が出なくなってしまうだなんて。悔しくて唇を噛みしめる。

男は客室のひとつにカードキーを滑らせた。開いた扉に私の身体を放り込むと、自らも中に入りドアを閉める。

チャッ、と短いロック音が響き、血の気が引く。これはもしかして……監禁？

なんとか逃げ出せないだろうか……？　考えを巡らせるけれど、走ったところで振り切れないし、いずれにせよ、着物姿じゃ走れない。

椅子でも投げつけてみる？　ううん、逆上した常務に何をされるかわかったものじゃない。

常務はこちらへゆっくりと歩みを進めながら、おもむろに胸元から携帯を取り出して、どこかへ電話をかけ始めた。

「……私だ。社長の到着はまだか。……ああ。……では、会場ではなく、客室に来るように伝えてくれ。大切な話がある。一七〇九号室だ」

電話を切ると、私の顎を太い指でぐいっとつかみ上げ、乱暴に顔を近づけた。

「お前の正体を社長に暴露してやる。日千興産を陥れようとした腹黒い女が、息子をたぶらかしていると」

ドクン、と心臓が音をたてる。もしも私がセクハラ事件を公にしようとした張本人であると知られたら、柊一朗さんのお父様はどんな顔をするだろう。

絶望？　落胆？　それとも憤怒？　日千興産の幹部にとって、ましてや社長にとって、会社を危機的状況に追い込もうとした私は、憎むべき敵だ。

そんな女性が、次期社長となる柊一朗さんの婚約者だったなんて、受け入れられるはずがない。むしろ、二度と柊一朗さんに近寄るなと、拒絶されるだろう。

ガクン、と膝の力が抜け、その場にくずおれた。

私は、身分や家柄だけでなく、これまで自分で選び取ってきた行動までも柊一朗さんに相応しくないの……？

愕然とする私を見下ろして、常務は嬉々として笑う。

「どうせ二年前のあの時も、金目当てだったんだろう。セクハラと騒ぐだけでは飽き足らず、社長の息子まで誘惑するとは。なんて強欲な女なんだ。恥を知れ！」

高らかに言い放った常務に、私はキッと強い眼差しを向ける。

「違います！　お金目当てなんかじゃありません！」

それだけは胸を張って言える。二年前のあの時も、柊一朗さんのそばにいたいと願う今この時も、私はただ自分の気持ちに筋を通したいだけ。苦しむ同僚をなんとかして救いたい、愛している人のそばにいたい、いつだって自分に対して正直に行動してきた。お金なんて、これっぽっちも欲しくない。

「私は、柊一朗さんのことを愛しているからここにいるんです！　やましい気持ちなんてありません！」

「黙れ！」

私の着物の襟首をつかみ上げ、常務はギリッと歯を鳴らす。

「私の輝かしい未来を、貴様なんぞに邪魔されてたまるか！　日千興産は私のものだ！　ほかの誰にも渡してなるものか！」

「え……？」

常務は何を言っているんだろう？　日千興産が……自分のもの……？　千堂財閥の血縁者でもない常務にそんな権限があるはずがないのに。

私が眉をひそめていると、彼はクックッと悪意しかない笑みを漏らし、陰湿に口元を歪めた。

「専務には、私の妹と婚約してもらう。我が東原財閥が日千興産の利権を握るのだ。あのくそ真面目な若造に好き勝手させてたまるか」

若造とは、もしかして柊一朗さんのこと？　彼、柊一朗さんにまで何かするつもりなの？

「まったく、あの若造にはほとほと呆れる。構造改革だか、クリーンな体制だか知らないが、余計な組織を作りやがって。綺麗事ばかりの甘ったれたお坊っちゃんに、この社会を動かすのは金なんだということを教えてやる」

狂気じみた笑みに、震え上がった。この人は、財力で日千興産を牛耳るつもりなのだろうか。それも、汚いやり方で。

「柊一朗さんは、甘ったれてなんていない！　綺麗事なんかじゃないわ！　正しいことをしようとしているだけ！」

「なんとでも言うがいい！　今に社長がやってきて、お前をあの若造から引き剥がしてくれる」

私の肩口を突き飛ばして、常務は高らかに笑った。私はカーペットに手をつきながら睨みつける。

悔しい。こんな人が世の中を動かそうとしているなんて、間違ってる。

……柊一朗さん！

心の奥底で彼の名を叫んだ時。チャッと短い電子音が響き、客室の鍵が外から解錠された。常務はギョッとして振り返り、ドアを睨みつける。

「……誰が、若造だって？」

声とともに、部屋のドアが壊れそうなほどの勢いで開いた。

飛び込んできたのは、冷ややかな表情を携えた柊一朗さん。

常務は、突然部屋に押し入ってきた彼の姿に、びくりと身体を強張らせる。

「なっ……⁉ 専務⁉ どうして、あなたがここに！」

「それはこちらのセリフですよ、常務。どうして私の婚約者が、あなたの部屋にいるんです？」

全身の血が凍りついてしまいそうなほど、恐ろしく冷酷な声だった。それが、凛とした無表情から発せられたのだから、余計に恐ろしい。

一見、冷静だけど、彼の胸の内は沸騰しているに違いない。多分、今にも殴りかかりそうなくらいに激高しているのだと、私にはわかった。

ただならぬ気配を感じ取った常務は、血の気の引いた顔で柊一朗さんの動向を注意深く見守っている。

柊一朗さんは固まった常務を一瞥したあと、「澪、無事か」と私のもとへ駆け寄ってきて、震える身体をそっとその腕に包み込んでくれた。

「柊一朗さん……！」

強く抱きしめられ、温もりに安堵しながらも、途端に腕がガタガタと震え始めた。

緊張が一気にほぐれ、視界が涙で滲む。本当はすごく、心細くて怖かった。

でも、どうしてここがわかったのだろう……？

その疑問に答えるかのように、柊一朗さんは手に持っていた部屋のカードキーを常務に向けて掲げた。

「彼女の姿を見つけたあなたが、復讐《ふくしゅう》から強引な手段に出る可能性を予測して、あらかじめ監視していました。使用している車、宿泊先の部屋番号と合鍵、あなたが使いそうな手段はすべて押さえさせてもらいました」

柊一朗さんは、私を支え立ち上がらせると、常務を冷淡に見つめて告げる。

「それで。彼女を捕えて何をしようと？　返答次第ではただでは済みませんよ」

相手の心臓を串刺しにするような鋭い眼差しで、柊一朗さんは常務を牽制する。

「……専務は、ご存知なのですか⁉　この娘が過去に何をしたのかを。この女は金のために、我らが日千興産を売ろうとしたのですよ⁉」

常務は柊一朗さんに向かって大仰に手を広げて説得しようとするが、柊一朗さんはその言葉を冷ややかに一蹴した。

「それをあなたが言うのですか、常務。事の発端を作り、日千興産を貶めたのは、あなたの浅はかな行動では？」

ぐっ、と常務の喉が鳴る。柊一朗さんを見つめる目に、敵意の色が加わった。

「知っていて、こんな娘にたぶらかされるとは。がっかりしましたよ、専務。お父様と違って、女性を見る目はないようですね」

途端に常務は強気になって、柊一朗さんをせせら笑う。

「あなたのお父様は、良家のご令嬢と結婚なさって、日千興産をより大きく発展させました。あなたも、相応しい相手を妻にするべきです」

柊一朗さんは目を細めて、うっとうしそうに常務を眺める。

「相応しい相手とは、あなたの妹さんのことをおっしゃっているのですか？　東原財閥のご令嬢である彼女を」

「申し分のない相手でしょう！　こんな小娘より、ずっと！」

けれど、柊一朗さんは常務に侮蔑《ぶべつ》の眼差しを向けた。

「あなたの妹さんに、私は価値を感じません。それこそ、その辺にいる女性とたいして変わらない。多少、彼女を飾りつけている装飾がきらびやかなだけだ。私が女性に求める条件は、そんな軽薄なものではありませんよ」

「軽薄だと⁉」

自慢の妹に価値がないと言われ、常務は目を剥く。

そんな常務に見せつけるかのように、柊一朗さんは私の肩を力強く抱き寄せた。

「私は、あなたを相手にしても引くことのない、彼女のまっすぐな正義感が何よりも価値のあるものだと考えます。私が生涯連れ添いたいと考える女性は、彼女です」

私こそその相手だといわんばかりに口づけを落とす。突然のキスと熱烈な告白に、心が震える。

常務はギッと柊一朗さんを睨みつけると、とうとう本性を現して、ふん、と鼻で笑った。

「安い女にほだされおって、若造が」

柊一朗さんの視線がよりいっそう鋭くなる。けれど、開き直った常務も負けてはいない。

「では、お前の父親はなんと言うかな。直接聞いてみるといい。そろそろこの部屋に到着する時間だ」

その時、来客を知らせるブザーが鳴り響き、私たちは顔を上げた。

「到着したようだ」

常務はうそ寒い笑みを浮かべて、部屋のドアを開ける。

そこに立っていたのは、威厳漂うダブルのスーツに身を包んだ柊一朗さんのお父様、千堂総一社長だった。

背後に従えているブラックスーツの背の高い男たちは部下、あるいは護衛だろうか。

「こんな場所に呼び出して、なんのつもりだね。よっぽど大事な話なんだろうな」

部屋に足を踏み入れた社長は、私と柊一朗さんの姿を見つけると、おや、と眉をひそめた。

「柊一朗と……澪さん。一体こんなところで何をしているんだ」

そこへ、常務が割り込んできた。

「社長はこの娘の正体をご存知ですか⁉ 二年前、金のためにセクハラ疑惑をでっち上げ、マスコミに流し、会社に泥を塗った浅ましい女ですよ！」

まるでそれが自分の手柄であるかのように、常務が自信満々にまくし立てる。

「そのうえ、社長や息子さんまでたぶらかして婚約だなんて、とんでもない真似を！ 息子さんには、我が妹のほうが釣り合います！ ぜひ、妹との縁談を――」

「東原常務」

社長が冷えた声色で遮った。

そして、ついさっき柊一朗さんが浮かべていたものとそっくりな眼差しで、常務を睨みつける。

「セクハラ疑惑——と言ったな。それは事実ではないのか？」

あまりの迫力に、思わず私でさえ呼吸が止まりそうになった。もちろん常務はその場に固まって、言葉すらうまく発せずにいる。

「東原常務。あの事件の顛末《てんまつ》にはたいそう驚かされたよ。私が海外支部へ足を運んでいる間に、マスコミや被害者たちには金が配られ、事後報告しかなされなかった。幹部の連中に不信感を抱くようになったのは、あれがきっかけだ。よくよく調べてみれば、私の目の届かないところで、他社との裏取引をずいぶんと進めてくれていたようだな。私が全く知らないとでも思ったか？」

裏取引——それが不正な金銭の流れを意味しているということは、社長の剣幕と常務の強張った表情を見れば火を見るよりも明らかだ。

「日千興産を陰から操るつもりだったか？　自惚《うぬぼ》れるなよ。先に言っておくが、東原財閥からの支援を断ったところで、現在の日千興産は充分生き残れる。それだけの準備を、私たちは進めてきたのだ」

「そん……な……」

驚愕の表情で常務は膝をつき、うなだれる。

「残念ながら私とは違い、息子は潔癖だ。今後、君のような黒い存在を許してはおかないだろう。君が好き勝手できていた時代は終わる。長年の罪を償え」

容赦ない言葉で断罪した社長に、常務は目を剥いてすがりついた。

「償えと⁉　バカなことを。そんなことをすれば、社長、あなた自身の身が危うくなるだけです。私とあなたは一蓮托生《いちれんたくしょう》。長い間、あなたは私の行いに目をつぶってきたのですから。気がつかなかっただなんて言い逃れはできません。私の罪はあなたの罪でもあるのです。会長の代から、我が社はそうやってここまできたのですから」

それは常務が必死になって練り上げた保身のための脅し文句だった。だが、社長は心を乱すことなく、静かにかぶりを振る。

「それももう終わりだ。私が社長という役目を終えると同時に」

「まさか……代替わりされるおつもりですか⁉　そんなバカな、あなたの年齢なら、あと十年、いや、二十年はやれるはずだ！　なぜこんなにも早く――」

混乱状態に陥っている常務の脇をすり抜け、社長は私たちのもとへ歩み寄り、私と柊一朗さんの肩をポン、と叩いた。まるで、すべてを任せる、とでもいうように。

社長の凛然とした眼差しが私へ向けられ、ゆっくりと言葉が紡がれる。

「澪さん。あなたが二年前、我が社のセクハラ問題を訴えたことは知っていた。だからこそ、私はあなたと息子の縁談を快く受け入れたのだ。頑固で、真面目で、一度決めたことをガンとして曲げないうちのバカ息子を支え、時に正すには、あなたのような意志の強い女性でなければ務まらないと、ずっと考えていたんだ」

その眼差しがフッと緩くなり、目尻に皺が浮き上がる。以前にも見せてくれた穏やかな表情で、私に向けて微笑みかけた。

「あなたにまで重責を背負わせてすまない。だが……どうか息子を頼む。あなたの手で、支えてやってくれ」

じん、と胸が熱くなる。

社長は、私のことを拒んだりなどしなかった。二年前の私の行動を受け入れたうえで、柊一朗さんの隣にいることを許してくれた。

私が柊一朗さんのパートナーに相応しいと、そう判断してくれたのだ。

「……はい」

目に涙を浮かべて、私はコクリと頷く。柊一朗さんは私の肩を強く抱き、そっと寄り添ってくれた。

やがて、バタバタと足音が響いてきて、黒いスーツの男性たちが部屋に入ってきた。

その後ろに、千堂家専属使用人の田中さんもいる。

男たちは常務を取り囲み、「こちらへ」と出口へ促した。丁寧だけれど有無を言わさぬ態度。

「君には聞かねばならないことが山ほどある。手始めに、三ツ森《みつもり》不動産への不明瞭な金の流れについて詳しく説明してもらおうか」

それも不正な金銭のやり取りだったのだろうか、社長が目を光らせると、常務はぐっと喉を鳴らした。

常務は男たちに腕をつかまれ、そのまま部屋の外へ連れ出される。

「こんなことをしてただで済むと思うなよ！　父が黙っていないからな！」

「何を言われようと、あなたを許すつもりはありません。私はクリーンな組織を実現してみせます。必ず」

柊一朗さんの凍てついた眼差しに射すくめられ、常務は悔しそうに表情を歪めながら連行されていった。

その後ろ姿を見送ったあと、社長は「面倒事がやっと片付いた」と嘆息した。

「あの男は、東原財閥の中でも問題児らしくてな。常々、彼の父親からも相談されていたんだ。好き勝手しすぎだ、とな。これを機に反省してもらおう。もちろん、我が

向ける。

そう説明したあと、柊一朗さんに向かって、厳しい、けれど信頼に満ちた眼差しを向ける。

「あとの始末はお前に任せる。私の代は終わった。好きにやりなさい」

「承知致しました」

柊一朗さんは、凛々《りり》しく微笑んで頷く。頼もしくて、清々しい、どこまでもついていきたくなるような力強い表情だ。

「では、私もそろそろ最後の務めを果たしに、会場へ向かうとするか」

社長が襟元を直し、部屋を出ていく。貫禄漂う後ろ姿が部屋の外へ消えていくのを、私と柊一朗さんは無言のまま、じっと見つめた。

そして部屋に残ったのは、私と柊一朗さん、そして使用人の田中さん。

「……さて。澪。まずは謝らないといけないな。危ない目に遭わせてすまなかった」

柊一朗さんは私に向き直ると、全身をくまなく眺め、「怪我はない？」と心配そうに眉を下げた。

「大丈夫です。……着物がちょっと着崩れちゃいましたけど」

「その程度で済んでよかった。……田中。部屋に着付けのできるスタッフを用意しておいてくれ」

脇に控えていた田中さんは、「承知しました」と綺麗な角度で一礼し、部屋を出ていく。

私たち以外誰もいなくなったその部屋で、柊一朗さんは「やっとふたりきりになれた」と目元を緩め、私の身体を思いっきり抱きしめた。

「澪……」

柊一朗さんの腕が、ぎゅうっと着物に食い込んで、嬉しいけれどちょっと苦しい。

「あの……柊一朗さん、い、痛いです」

「心配したんだ。突然行方をくらますから」

「ごめんなさい……」

私を抱きすくめる腕の力から、彼がどれだけ私のことを心配してくれていたのかがわかる。嬉しくて、切なくて、それから、本当に謝りたくなった。

「私、もう、どこへも行きませんから」

彼の身体に手を回し、きゅっと服をつかむ。もう本当に、彼のもとから離れるつもりなんてない。

私は一生、この人についていきたい。

私の決意に気づいてくれたのだろうか、彼はフッと吐息をこぼし、抱きしめる腕を緩めてくれる。

「もしもの時のために、君や常務に監視をつけておいてよかった。……君が監視を撒くのは、予想外だったけれど」

申し訳なさにカァッと頬が熱くなる。私が雉名さんに連れられ会場を出て、エレベーターを行ったり来たりしたから、監視が追いつかなくなってしまったのだろう。

「……勝手なことをして、すみませんでした」

「いいんだ。澪は俺のもとに戻ってきてくれたんだろう？」

そう言って、私の首筋に手を添えて、そっとキスを落とす。その緩慢なキスが終わる頃には、私の膝は力を失い、その場にへたり込んでしまった。

「澪!?」

「ご、ごめんなさい……なんだか、力が抜けてしまって」

ふにゃふにゃとカーペットに手をついた私を、柊一朗さんは横抱きにしてベッドへ運ぶ。

「大丈夫か？」

緊張が一気に緩んだせいだろうか、なんだか甘えたくなってしまって、心配そうに覗き込んでくる彼の胸元に遠慮がちに身体を預けた。

「もう、離れたりしませんから、許して」

殊勝な私の姿に、彼はクスリと笑みをこぼし、優しく頭を撫でた。

「これで澪は、俺のもとから逃げるチャンスを失った。後悔していない？　雉名とともに行かなかったことに」

「あの時、一瞬だけ躊躇ってしまいました。私は、あなたの隣にいてもいいのかなって。壇上に立つ柊一朗さんの姿があまりにも立派すぎて。でも……」

顔を上げ、しっかりとした意思を持って彼を見上げる。

「おかげで腹をくれました。柊一朗さんへの気持ちは、何が起きても変わらないんだって」

「……ありがとう」

彼は、安堵したように目元を緩める。と同時に、唇を押し当てられ、あまりの勢いにベッドへ横倒しになってしまった。

スイッチが入ったかのように、柊一朗さんは私の顔の横に手をつき、貪るように口づけてくる。

「んんっ……あっ……う……」

思わず絶え絶えな吐息を漏らすが、背中に大きな帯の結び目が当たって苦しくて、力を抜けない。

「柊……一朗、さん……着物が……乱れちゃう……」

「ちょっとぐらいいいだろう。どうせあとで着付けし直すんだ」

私の前髪をかき上げてキスを落とし、目元、鼻先、口元を順番に辿っていく。メイク直しも必要かもしれない。

顎の下に唇を当てたところで「悔しいけれど、これ以上は無理だな」と、私の襟元を忌々しそうに押し開き、ギリギリのところに強く唇を押し当てた。

服の形状を維持できる限界まで絡み合ったあと、私たちは揃って部屋を出た。

今もたらされた甘くて濃密なスキンシップに、この部屋に辿り着いた時以上に疲労感が満載で、膝がガクガクする。

廊下に出ると、部屋から少し離れたところに、背の高い男性が壁にもたれ立っていた。その顔を見て、驚きに声をあげてしまう。

「き、雉名さん！　どうしてここに」

雉名さんは壁にもたれたまま、柊一朗さんにちらりと目線を向けた。

「さっき、そいつから連絡が来たんだ。あんたがいなくなったから、協力しろって」

柊一朗さんは、私の肩をしっかりと抱き寄せながら、雉名さんに向き合う。

「電話に出てくれて助かったよ。あれでだいぶ状況が把握できたから」

「仕方ないだろ。お前の電話なんか出たくもなかったが、こいつをひとりでフラフラさせとくのも心もとなかったし。で、片付いたのか？　さっき、おたくの社長も来てたみたいだが」

「ああ。全部片付いた」

それを聞いて安心したのか、雉名さんはこちらへ歩いてきて、私の頭にお決まりの調子で手を置いた。

「……まったくあんたも、狙われているならさっさとそう言え。護衛がついていると知っていたら、連れ回すような真似はしなかったのに」

どうやら雉名さんは、私を会場の外に連れ出して危険な目に遭わせてしまったことを申し訳なく思っていたみたいで――。

「す、すみません、私もまさか、こんなことになるなんて」

慌てて恐縮した私に、柊一朗さんは「澪が謝ることじゃないよ」と、雉名さんの手をはたき落とした。

「……というか、人の婚約者に馴れ馴れしく触らないでもらえる？」

私の頭に触れたことが許せなかったらしく、しっしっと手で追い払うフリをする。

もしかして柊一朗さん、まだ雉名さんに嫉妬しているの？

噛みつくような目で睨む柊一朗さんの一方で、雉名さんはからかう気満々らしく、意地悪そうに笑っている。

廊下を歩き、エレベーターホールへ辿り着くと、雉名さんが私たちに向き直った。

「先に会場に戻る。俺にも、一応お役目があるからな」

「雉名がいいところのお坊っちゃんだったなんて、お笑い種《ぐさ》だね」

「お前よりはマシだ」

やってきたエレベーターへ乗り込み、雉名さんは二十五階で、私たちはさらに上の、二十九階で降りる。

柊一朗さん専用のスイートルームへ戻ると、すでに着付けとヘアメイクのスタッフが到着しており、すぐさま私を着飾り直してくれた。

もうすぐパーティーがお開きとなる時間だ。最後の挨拶回りをしに、私たちは再びパーティー会場へと向かった。

会場に足を踏み入れた途端、柊一朗さん目がけてたくさんの客人たちが挨拶をしにやってきた。

そのひとりひとりに、彼は丁寧に言葉を交わしながら、そして私も、一緒になって笑顔と会釈で応じながら、会場の奥へと歩みを進めた。

やがて、藤色の訪問着を纏った女性が私たちのもとへやってきた。その顔を見てハッとする。柊一朗さんのお母様だ。

久方ぶりに顔を合わせた夫人は、私と柊一朗さんの姿を見てふんわりと微笑んだ。

「柊一朗さん。総一さんの代わりにスピーチをしてくれてありがとう」

淑《しと》やかな、気品漂う声。こんなに騒がしい場でも、その声だけは凛と耳に響く。これも社長夫人としての品格なのかもしれない。

「澪さんも。お久しぶり」

「お久しぶりです……お母様」

できるだけ丁寧に腰を折ってお辞儀した。

『お母様』と呼ばせてもらったのは、ほかに呼び方を思いつかなかったから。『柊一朗さんのお母様』ではちょっと長いし、『おば様』じゃ失礼だし。『千堂夫人』と私が呼ぶには違和感がある。

けれど、お母様は頬を緩ませ、嬉しそうに声を跳ね上げた。

「嬉しいわ。そう呼んでもらえて。柊一朗、ここに連れてきたからには、いい報告があるのよね？」

まるで先を急ぐみたいに、目を輝かせる。

「性急すぎですよ。もう少し気長にお待ちください。少しずつ、結婚に向けて準備を整えているところですから」

「それを聞いて安心したわ」

お母様は嬉しそうに頷くと、今度は私の頭の上から足の先まで、ゆっくりと視線を流していった。

「柊一朗さん、このお着物はあなたが見立てたの？　振り袖ではないの？」

「婚約者なんですから、振り袖にする必要はないでしょう」

「どうせ悪い虫がついたら困るとでも思ったのでしょう。独占欲の強いあなたらしい考えね。総一さんにそっくり。振り袖なんて、今しか着られないのだから、存分に着せてあげればいいのに」

同情めいた眼差しで頬に手を添えて首を捻る。そんな母親を前に、はいとも言えず、柊一朗さんはわずかにたじろいで苦笑いを浮かべた。

「次に社交の場に出る時は、わたくしが見立ててあげるわ。もっともっと素敵なドレスを着せてあげる」

「母さん。澪は着せ替え人形じゃない」

「今日はご自分が着せ替えをして楽しんでいたクセに、よく言うわ」

そう言ってお母様は、私の肩を抱いて会場の端に連れていく。「母さん？」と呼び止めた柊一朗さんに、「そこで待っていなさい」とぴしゃりとひと言突きつけて。

お母様は、ドリンクを差し出したボーイからシャンパンをふたつ受け取ると、ひとつを私に手渡して、「澪さん」と眉を下げて微笑んだ。

「壇上に上がる柊一朗の姿を見て、きっと驚いたことでしょう。わたくしも、今でこそ堂々と振る舞っていますが、この家に嫁いだばかりの頃は礼儀のひとつも知らないじゃじゃ馬で、失礼をやらかしては義母からよく怒鳴られたものよ」

お母様が悪戯っぽく笑う。常務の話では、柊一朗さんのお父様は良家のご令嬢と結婚したと言っていたが……。

「お母様は、良家の出身だとお聞きしましたが……？」

「わたくしの実家が良家を気取っていたのは、明治時代の頃よ。それ以降は、ちょっぴり大きなお家を持った、ただの一般市民だったわ」

そう言って、ふふふと笑う。この気品は生まれ持ったものだと思っていたのに、まさか昔はじゃじゃ馬だったなんて、全く想像がつかない。

「わたくしはね、この家に嫁いで、住む世界の違いに驚かされたの。澪さんも、最初はきっと戸惑うでしょうね。けれど、あまり肩肘張らないで。所詮は皆、人の子、嬉しいも悲しいも同じなの。だから、つらいことがあれば、柊一朗にでもわたくしにでも、遠慮なく言ってくださいね」

聖母のような微笑みだった。私の不安を見透かすような、それでいて、包み込んでくれるような。

お母様も、かつては私と同じ不安にかられていたのだろう。それでも、今こうして笑って立っていられる。

十年、二十年と年月を重ねて、こんな風に笑顔でいられたなら、それはすごく素敵なことだと思う。

「……お母様は、千堂家に嫁いで幸せになれましたか？」

「もちろん。愛する人と一緒になって、愛する子どもを授かった。幸せだと心から言えるわ」

お母様の燦然《さんぜん》たる笑顔が、救いのように感じられた。

ああ、きっと私も柊一朗さんと一緒になれれば、幸せになれる。

根拠はないけれど、そう思わせる笑顔だった。

「柊一朗のこと、よろしくね。あれは父親に似てプライドが高く、強がりだから。しっかりしているように見えて、無理をしているのだと思うの」

お母様の視線が私の後ろに向けられる。そこには、笑顔で客人に接している社交的な柊一朗さんの姿。

「あの子が小さい頃、わたくしは仕事ばかりで、あまり甘やかしてやれなかった。その分しっかりした子に育ってくれたけれど、きっと人に甘えるのは苦手なんじゃないかしら。あの子、ちゃんと澪さんには、ワガママ言えてる？」

思わず私も、じっと彼の背中を見つめた。

毅然とした佇まい、揺るぎない意志。いつだって彼は迷いなく、我が道を突き進んでいるように見えるけれど……。

『本当は、余裕なんて、これっぽっちもない』

時たま見せてくれる弱気な姿は、きっと私に心を開いてくれている証なのだろう。

『所詮は皆、人の子、嬉しいも悲しいも同じなの』

お母様が言うように、柊一朗さんだってひとりの人間。私より少しだけ年上で、性別が男と女であること以外、なんら変わらない。つらく苦しい時だってあるだろう。

責任のある立場なら、なおさら。

財閥のひとり息子として生まれ、生を受けた瞬間から役目を背負わされた身。強く気高い人間となること以外、許されなかった彼。

そんな逃げ道のない彼を癒す、ただひとつの拠りどころになってあげたい。

「……そういう存在になれるように、頑張ります」

「お願いね。わたくしの代わりにたっぷりと甘やかしてやって。ぎゅっと抱きしめて、頭を撫でてやってちょうだい」

お母様は私の背中をポンと叩き、よろしくという後押しとともに解放してくれた。

柊一朗さんのもとへ戻ると、彼は手を広げて「おかえり」と優しく私をハグした。

ほんの少し離れていただけなのに、彼ったら大袈裟だ。でもそんな私たちを見て、お母様は嬉しそう。

「澪。ひと通り挨拶も済ませたし、部屋へ戻ろうか」

柊一朗さんに肩を抱かれ、パーティー会場をあとにする。

振り向けばお母様は、私たちを温かな眼差しで見守っていてくれた。

「母さんと何を話していたの？」

「……内緒です」

柊一朗さん専用のスイートルームまで戻る道すがら、彼は私とお母様の密談に探りを入れてきた。

いつも通りの余裕の表情。でも、そうやって尋ねてくるってことは、結構気になっているのかもしれない。

「ふたりして俺の悪口なんて言ってないだろうね」

「ちょっとだけ」

「怖いなぁ。女性が結託すると」

そんなことを言い合って、私たちは二十九階のセレブリティなフロアを歩く。

「それより、お腹減らない？　ルームサービスを頼もう」

「さっきのアフタヌーンティー、とっておいてもらえばよかったですね。着物を脱いだら思いっきり食べたいなって」

「俺はどっちかっていうと普通のディナーを食べたいよ」

大きな両開きの扉の前で、彼はカードキーを滑らせる。

部屋に入り、扉を閉めた瞬間、彼は私を後ろからぎゅっと抱き寄せた。とはいえ、背中には大きな帯があるから、あまり密着度は高くないけれど。

「和服はじれったくて嫌だな。早く澪に触れたいのに。もう脱ぎ去ってしまってよ」

「せっかく柊一朗さんが選んでくれたお着物なのに」

「澪を皆に見せびらかせてスッキリした。ふたりきりの時は服なんていらない」

柊一朗さんが私の帯締めに手を伸ばしたから、身の危険を感じてザザッとあとずさった。彼の艶やかな夜仕様の眼差しが、食事よりも先に私を食べたいと言っている。

「ル、ルームサービス頼みましょう！　普通の服に着替えてきますねっ」

「俺が脱がせてあげようか？」

「ひとりで脱げるから大丈夫ですっ」

慌てて着付けに使った奥の部屋へ逃げ込むと、ドアを閉める瞬間、ちょっぴり残念そうな彼の姿が見えた。

今食べられちゃったら、体力がもたない……！

パーティーと一連の騒動でくたくただ。そろそろひと息つかせてほしい。

クローゼットを覗くと、今朝、着てきた服一式がかけられていた。それだけではなく、見覚えのないワンピースまで数着用意されている。

「そうだ。そこに、着替えがあるだろう。自由に使ってくれ」

突然部屋をノックしてきた彼に驚いて、私はぴくんと肩を跳ね上げた。

「着替えって……このワンピースのことですか？」

「部屋着に使える楽な服を、って頼んでおいたんだ」

確かに、ふんわりと裾の広がるワンピースは、ウエストに締めつけがなく、ゆったりとしていて着心地がよさそうだ。

でも、艶やかなシルク素材で仕立てられたワンピースを部屋着に使えだなんて、贅沢極まりない。どう見てもこれはパーティードレスの部類だよ。

「……もったいなくて、着れません」

「だったら何も着ていなくても、俺はかまわないけれど」

「……お借りします」

抵抗を感じながらも、彼の勧めに従って、最高級の肌触りをしたローズピンクのドレスに袖を通した。膝丈の裾が歩くたびに艶やかに揺れて、なんとも美しい。

結い上げられた髪を下ろし、ドレスに合う淡いピンク色のリップに引き直す。

まるでこれから、デートが始まるみたいで、ドキドキした。

甘やかしてあげたい

着替えを終えてリビングに戻ると、バトラーがテーブルにピンと糊《のり》の利いた真っ白なクロスを敷いているところだった。

その上に、見るからに高級そうな食器やグラスをセッティングしていく。

夜の九時、ちょっぴり遅い時間になってしまったけれど、夜景を望む上質なスイートルームでフレンチのフルコース。ルームサービスといっても、ホテルにある高級フレンチレストランのシェフ自ら腕を振るってくれた。

確かにこれを食すなら、綺麗なワンピースは必須だと思った。

彼も、スーツのジャケットこそ脱いだものの、まだ光沢のあるベストを羽織り、タイもそのままだ。

「すごく豪華ですね……」

「澪が頑張ってくれたご褒美だ。疲れただろう」

「……柊一朗さんも」

「ん？」

柊一朗さんはなんのことかわからないといった顔で首を傾げる。彼にしてみたらパーティーは日常の範疇《はんちゅう》で、たいして頑張ったわけではないのかもしれない。

「……柊一朗さんも、立派にお務め、お疲れさまでした」

私の言葉に彼はふんわりと頬を緩める。

「パーティーに出るだけで立派だなんて、初めて言われたよ」

「私にとっては当たり前のことじゃないですし、それができる柊一朗さんは、立派だと思います」

「ありがとう。澪にそう言ってもらえると、誇らしいよ」

バトラーが注いでくれた食前酒を掲げて、私たちは「乾杯」と声を合わせた。

前菜の牡蠣《かき》のコンフィはもちろん、白身魚のポワレや、メインディッシュの仔牛のロースト、そして、デザートの盛り合わせに至るまで、綺麗に食べ尽くしてお腹はパンパンに膨らんだ。

ふんわりしたワンピースで本当によかったと思う。マーメイドラインだったら、きっとお腹がぽっこりと出て恥ずかしいことになっていた。

「すごく美味しかったですね！　ちょっと、食べすぎてしまいました」

柊一朗さんも笑って「俺ですら苦しいよ」とお腹を押さえている。

ディナーを終えたあとは、ソファに腰掛け、のんびりとコーヒーブレイク。

バトラーは、淹れたてのコーヒーと簡単な焼き菓子を用意して退室していった。

このコーヒーもかなりのレア品らしく、このホテル自慢のブレンドらしい。香り高くコクがあって、パンパンのお腹でもグイグイいけてしまう。

「香りがすごくいいですね」

「ラウンジでは飲めない、裏メニューだ」

「柊一朗さんって、いつもこんな贅沢をしているんですか？　私だったら太っちゃう」

「コーヒーだけはよく頼むかな。食事は、さすがに普段は食べないよ。ひとりで食べたってつまらないしね。今日は澪がいたからだ」

そう言って、「おいで」と私へ左腕を伸ばす。

ちょっぴり躊躇ってしまったのは、自分から甘えに行くのがなんだか照れくさかったから。

でも、思い切って彼の腕の中に身体を預け、ぴったりと寄り添ってみると、「やっとそばに来てくれた」と彼が嬉しそうな顔をしてくれたから、私までなんだか満たされた。

「……本当はさっき、母さんと何を話していたの？　怒らないから言ってごらん」

「そんなに気になるんですか？」

「変なことを吹き込まれて、澪が俺の手の中から逃げてしまわないか心配なんだ」

　そっと優しく引き寄せて、ゆったりとした口づけをくれる。味わうように、丁寧によく食んで、私の唇を吸い尽くす。

「ん……コーヒーの香り……」

「澪は……どうしてだろう。同じ香りのはずなのに、なんだか甘い」

　私の味を確かめるように彼の舌が唇をじっくりと舐める。次第に彼の身体が私のほうへ倒れてきて、口づけがどんどん熱を増す。

「や、やだっ……そんなにされると……」

「バニラの味がする。どうして？」

「え？　し、知らな……バニラなんて、食べてませ――」

「で？　母から何を言われた？　質問に答えないと唇の味だけじゃ済まないよ」

「んん、ちょっと待っ――」

　やっぱり、彼の腕の中に自分から飛び込んでいったのは失敗だった。

　逃げ出そうとする私の腕をつかみ、ソファの背もたれに押しつけて、今度は首筋に鼻先を当ててスンスンと匂いを嗅ぐ。

「わ、わかりましたから、ちょっとやめて！」

耳の下に彼の吐息がかかってくすぐったい。たまらず涙目で抗議すると、すっかりご機嫌になった彼が首筋のあたりから上目遣いで私を見た。

「それで？」

「……柊一朗さんは、プライドが高くて強がりで、お父様にそっくりだって」

「ずいぶんな言われようじゃないか」

気にくわなかったのだろうか、お仕置きのように首筋に歯を立て、犬歯を食い込ませてくる。

「きゃっ……」

一緒にざらりと肌を掠めたのは、彼の舌？　思わずぞくりと震え上がって、ソファのクッションへ倒れ込む。

「それで？　澪は、プライドが高くて強がりな俺を、どう調理してくれるんだ？」

私の上に影を落としながら、柊一朗さんは不敵に微笑む。次はどんなお仕置きを与えてやろうかと、胸を昂らせている顔だ。

そんな彼を必死に制しながら、私はおずおずと答えた。

「……お願いされて」

「お願い？」

「ちゃんと柊一朗さんを、甘やかしてあげてほしいって」

彼の頬に手を伸ばしそっと引き寄せ、自分の胸に押し込めるように抱きしめた。

ひと撫で、ふた撫でと彼の髪に指を滑らせ、お母様に言われた通り、たっぷりと撫で、甘やかしてあげる。

「……ずいぶんと刺激的な甘やかし方だな」

「……嫌、ですか？」

「まさか。ただ、歯止めがきかなくなってしまったらごめん」

谷間に熱い吐息が流れ込んできたから、私は驚いて彼から手を離した。

解放しても彼は、私の胸に顔を埋めたまま、その柔らかさを堪能している。

「お言葉に甘えて、思う存分、澪の身体に甘やかしてもらおうかな」

私の胸の丘陵を手のひらで包み込み、その感触を楽しむようにふわふわと頬擦りする。いやらしい触り方ではないのだけれど、逆にあえてメインディッシュを焦らされているようで、鼓動が勝手に速くなる。

このまま彼を受け入れてしまえば、きっと甘くて幸せな一夜を過ごせるだろう。

それ自体は、嬉しい。彼に愛してもらいたい。

でも、よりにもよってフレンチディナーでお腹がぽんぽこりんになっている時にしなくてもいいんじゃない？

こんなみっともないお腹、見せられない……。

「あの……せめて、もう少しあとにしませんか？　今はお腹いっぱいで、苦しくありませんか？」

「澪は別腹」

「でも、私、こんなぽっこりしたお腹じゃ――」

「服を脱げないって？　じゃあ、お腹は残してそれ以外から食べようか」

彼は私の背中に手を回す。ワンピースのファスナーを腰まで下ろすと、シルクの生地をさらりと胸の下まで剥いで、下着一枚になった胸の谷間にキスを落とした。

さらに、ワンピースのスカートの下に手を伸ばし、太ももに指を這わせる。

見事にお腹以外に手をつけていく彼の早業に、私はどう抵抗したらいいのか、混乱してしまって。

「や、やだっ……柊一朗さんっ！　待って！」

「どうして？　俺に食べられるために脱ぎやすいワンピースを着てきてくれたんじゃないのか？」

「ち、違います‼ そんなつもりで着たんじゃありません！」

まさか、脱がしやすいなんて理由でこのワンピースをクローゼットにかけておいたんじゃないですよね⁉ 違うと言って！

「しかもっ……こんなリビングでっ！ バトラーさんがカップを片付けに来たらどうするんですかっ！」

「勝手に部屋に入ってきたりしないから大丈夫だ。リビングが嫌ならベッドへ行くよ」

「きゃあっ」

ひょいと私の身体を横抱きにして、奥にある寝室へと突き進む。

大きな天蓋付きのベッドに私を横たえると、躊躇なく馬乗りになり、私の身体を組み敷いた。

「ま、待ってください、ほら、シャワーも浴びたいですし」

「いいよ。一緒に浴びようか。澪の身体を綺麗に流してあげる」

「それじゃ意味ない！」

なんとかベッドインを遅らせようと、頭の中で必死に思案する。こうなるってわかってたら、あんなにたくさん食べなかったのに！

「せ、せめてあと二時間、ディナーが消化するまで！」

「大丈夫だよ。どんなにお腹が膨らんでても、笑ったりしないから」

「嘘！　柊一朗さん、私のお腹をみくびってる！」

「大丈夫だって、ほら」

　柊一朗さんが、確かめるように私のお腹に触れた。叩くとポンと予想以上にいい音が鳴って、それはまるでタヌキの腹太鼓のようで――。

「プッ……」

　思わず顔を伏せて噴いた柊一朗さんに、激しい怒りが込み上げてきた。手近にあった枕を投げつけ、彼の顔面にくらわせる。

「柊一朗さんなんて大っ嫌い‼」

「冗談だよ！　こんなことで幻滅したりしないから――」

「来ないで！　私、シャワー浴びてきます！　絶対入ってこないで！」

　逃げるようにバスルームへと飛び込んで、鍵をかけて引きこもる。

「おーい、澪」

　バスルームの外から聞こえてくる声を、私は耳を塞いで無視した。

　お腹の膨らみが落ち着くまで、もう身体に触らせてあげない。ここにこもってやる。

　ふと洗面台にある鏡を見れば、はだけた胸元にさっそくひとつ、ピンク色の跡が刻まれていて、彼の手の早さと過剰な情愛に、耳まで真っ赤にしてうずくまるのだった。

一時間後。結局、私は乳白色の湯船の中で、彼に背中から抱きしめられていた。

あたりには色とりどりの花びらが浮かんでいて、周囲はうっとりするようなバラの香りに満ちている。

彼は、客室係にバラ風呂用の花びらを持ってこさせた。つまり、私が閉じこもっていたバスルームへ潜入する口実を作ることに成功したのだ。

「つまり澪は、恥ずかしがってただけなんだろう？」

彼の腕の中で、ぷくっと口の上まで湯船に浸かった。

だって、仕方ないじゃない。彼が完璧すぎるんだもの。

もう少し、顔が不細工だとか、下っ腹が出てるとか、何かひとつくらい弱点があったら、私だってそんなに緊張しないのに。

「どうしてあんなに食べたのに、柊一朗さんのお腹は出ないんですか？」

「腹筋が押さえてくれてるんじゃない？」

「……どうせ私はぷにぷにですよ」

「ぷにぷには女性の特権だろう？」

彼は開き直ったように私の全身をつまむ。存分にぷにぷにされて抵抗する気力も失った。

「大体、初めてじゃないんだから、恥ずかしくもないだろう？」

「は、恥ずかしいです！　柊一朗さんは女性の気持ちを全然わかってない！」

「澪こそ、男性の気持ちを全然わかってないよ。目の前に美味しそうなご馳走があるのに、お預けをくらわされる身にもなってくれ」

私の肩にカプリとかじりついて、ぎゅっと首筋に手を回す。

「やっ……噛まないで……」

身を縮こまらせて逃げ出そうとした私の腰に手を回し、まるで覆いかぶさるように抱きすくめた。

「もう！　お母様の嘘つき！」

突然叫んだ私に、彼はびくりとして目を見張る。

「え？　何？」

「……だって、お母様ったら、柊一朗さんは甘えるのが苦手だとか、ワガママを言わないしっかり者だとか、さんざん言ってたのに、実際は好き勝手し放題じゃない！　これ以上どこを甘やかせって言うのよ！」

全然我慢しているように見えないし、私の不満なんておかまいなしでやりたい放題。

これ以上甘やかす必要がある？　ちょっとは自重してもらいたいくらいだ。

背中に感じる彼の圧に耐えながら、湯船に浸かってため息をつく。

「……でもね、澪」

不意に、私を抱きしめる腕の力が緩くなる。

のしかかっていた重みがなくなり、まるで私を気遣うようにそっと身体を支える彼は、背中に唇を埋めながら、小さな声で呟いた。

「俺がこうしてワガママを言えるのは、澪だけだよ」

「……っ！」

パーティー会場の、壇上に立つ彼を思い出す。

凛として隙のない、次期社長としての顔。

寄ってくる客人には笑顔で接して、迫ってくる強引な女性にも、失礼にならないようにリップサービスを欠かさない。

財閥の子息として、完璧に振る舞いながらも、私を気遣い、そばに置いてくれた。

目を離さないように、大切に。

「澪が好きだ。愛してる。それが重荷になるって言うならもう言わないけれど、できれば、澪にだけは素直に気持ちを伝えたい」

静かなバスルームに、彼の言葉と水音だけが静かに響く。私と、彼の鼓動が、トクトクと音をたてて水面に小さな波を作っている。

「男だからね。愛する女性を抱きたいと思うのは当然だ。一分一秒でも早く澪が欲しい。お腹が膨れていようが関係ない。そんなもの、可愛いだけじゃないか……わかるだろ?」

彼はズルい。

そんなことを言われてしまったら、許してあげるしかなくなるじゃないか。

何も反論できなくなって、きゅっと唇を噛みしめる。じんわりと涙が滲んでしまったのは、彼の気持ちが嬉しかったから。

「……今ここで、抱いてもいい?」

「せめてベッドにしてください」

「仕方ないな」

柊一朗さんは私の身体を抱き上げてバスローブで雑に包むと、たいして拭くこともせずバスルームを出た。

私の身体に張りついてきたバラの花びらごと、寝室へと運んでベッドの上へと放す。

「っ！　ベッドが濡れちゃいます」

「そのうち乾くよ」

羞恥心から身体の前でクロスさせた手を、彼はあっさりと引き剥がし、シーツの上に押さえつける。

私の身体の上に跨って、滅多に見せることのない真剣な眼差しで、私のことを覗き込む。

「……そんな顔で、見つめないでください」

「……そんな顔で、うつむかないでくれ」

彼の身体から雫がひたひたと垂れてきて、そのたびに身体がヒヤリとする。

びっしょりと濡れたシーツが肌にまとわりついてきて、ぶるっと震えが走り、彼の腕をきゅっとつかんだ。

「さ、寒いです」

「大丈夫。すぐに温めてあげる」

そう言って私へ口づけを落とすと、熱く火照った逞しい身体を、私の上に重ね合わせる。

「あ……」

確かに、彼の身体は温かい。触れていると、寒さなんて吹き飛びそうだ。

そのうえ、彼の口づけが首筋から鎖骨、胸元へと滑り落ちていき、体温がどんどん上昇していく。

胸の膨らみをカプリと食まれ、「っ……」とたまらず私は声なき声をあげた。唇を噛んで耐えないと、変な声が漏れてしまいそうだ。

「もう……噛まないでって……言ってるのに……」

「ごめん。澪を見ていると、どうしても食べたくなっちゃって」

はむ、はむ、とそこら中に噛みついて、そのたびに私はびくびくと身体を震わせる。

多分、終わったらまた身体中がピンク色で染められているのだろう。桜の花びらが散らされたみたいに。

それを鏡で見て、私は思い知らされるんだ。この身は彼に愛されたんだって。

「しゅう……いっ……あ……うぅっ」

全身の味を確かめるつもりなのだろうか、びっくりするところに唇を這わされ、溢れ出る吐息が止められない。

私がひとつ声をこらえるたびに、彼の真剣な眼差しが恍惚として色めく。

「ああっ！　あっ……」

思わず大きな啼き声を漏らすと、彼は卑猥《ひわい》な表情を浮かべて艶やかに笑った。

もっともっとと容赦ない愛撫《あいぶ》をもたらす。理性を保つために抑えた声が、全部裏目に出て彼を昂らせていく。

「澪。俺を甘やかしてくれる？」

甘ったるい声を耳のすぐ横で漏らしながら、ついでに私の耳朶を食む。「うっ」と悶《もだ》える私を確かめながら、彼は嬉々として私に興奮をもたらしていく。

「そんなに身を固くしていたら、甘えられないよ」

「無……理……余裕、ない……」

「初めての時もそうだったね。澪は俺の腕の中で震えてた。怖い？」

ちょっぴり悲しい顔をした彼に、私はぶんぶんと大きく首を横に振る。怖いんじゃない。緊張しているだけで。

ただ、喋るのも難しいくらい呼吸が乱れていて、身体中が熱い。

「怖く、ない、柊一朗さんが……好き……」

「……そんなこと言われると、こっちまで余裕なくなるよ」

軽く唇に口づけて、私の表情をじっと見つめたまま、彼は指先を腰へと這わせた。

「っあ……」

その途端、びくんと喉を喘《あえ》がせた私を見つめて、満足そうに彼は微笑む。
「なら、俺が澪を甘やかしてあげるよ。ほら、俺に可愛い顔を見せて。もっと」
どんどん刺激を強くしていく彼に、私は息を絶え絶えにしながら「違うの……!」
と叫ぶ。
甘やかしてもらいたいんじゃない。私が甘やかしてあげたいんだ。
彼にかなわなくて、私はいつもベッドの上で身体をくねらせるだけ。
私が癒してあげたいの。私が喜ばせてあげたい。なのに、どうしたらいいのかも、
よくわからない……。
柊一朗さんの両頬を包み、まっすぐ私の顔の前に持ってくる。彼は少しだけ驚いて、
私の身体で遊ぶ手を止めた。
「澪……?」
「目を閉じて。私が、気持ちよくしてあげる」
そう答えて、彼の唇を引き寄せる。
懸命に舌を伸ばして彼の唇の隙間に押し込み、内側をくすぐると、彼は「んっ」と
気持ちよさそうに吐息を漏らして、目を閉じた。
私の上に、力を失い倒れ込む。私の身体を潰してはいけないと思ったのだろう、横

にゴロンと転がって、その上を追いかけるように私が重なって。

気がつけば、私のほうが彼の上に跨っていた。

彼は驚いて、まいったようにクスリと笑みをこぼす。

「……まったく。澪は……」

くいっと私の顎を引き寄せ、今度の口づけは彼のほうから。

呼吸の合間に唇を離して、次の口づけは私から。

幾度も重ねては、お互いの意思を、愛を、確認するように繰り返す。

「……俺のワガママ、聞いてくれるか？」

私の頬に指を滑らせて、掠れた声で囁く。

「俺を……愛してくれ」

切ない眼差しでねだられて、私はコクリと頷いた。

「愛してます……柊一朗さん」

彼の頬に唇を添わせて、耳元にそっと愛の言葉を流し込む。

「どんなワガママも、私が許してあげますから……」

囁き終えた途端、今度は彼が私の後頭部に手を回し引き寄せ、唇を熱く食んだ。

ひとつ息をつく間に、身体が横向きに転がされて、今度は私が組み敷かれる。

かろうじて保っていたわずかな理性すらどこかへ吹き飛んで、彼は私の身体に貪りつく。

それこそ、言葉では表現しきれないようなとんでもない愛情表現で、私の身体に刻みつけていく。

奥の、ずっと奥深くまで。

「柊一朗……さん……」

「澪……！」

これは彼と過ごした三度目の夜。けれど、一度目や二度目の時とは全然違う。

お互いの気持ちを試すように、重厚に、濃密に、私たちは夜が更けるまで、幾度となく身体をすり合わせた。

俺と結婚して

四カ月後。年が明けて、気がつけばもう三月に差しかかっていた。

私は変わらず、新海エレクトロニクスで日々労働に勤しんでいる。

「すみません、あの段ボールお願いします」

「よっ、と」

今日も資材置き場に雉名さんを呼び出して、ラックの一番上の段ボールを下ろしてもらった。

今日の段ボールはひと際年季が入っていて、浮かせた瞬間ふわりと埃《ほこり》が舞い散り、思わずふたりして顔を背けてしまった。

一旦床に置くと、段ボールの上部に埃が一センチ、雪のように散り積もっていて——もちろん、雪のように美しくはないので、顔をしかめるしかないのだが——私は慌てて近くに置かれていた雑巾を段ボールの表面に滑らせたが、すぐさま雑巾は埃まみれとなり、手がつけられなくなった。

「ここに置いといてもらえれば、私があとでなんとかして運びますので」

「それじゃ荷物持ちの意味がないだろ。このまま総務に運ぶぞ」

「ダメですよ、スーツが真っ白になっちゃいます」

椎名さんはスーツのジャケットとネクタイを外し、「これでいいだろ」と私の手の中に放った。ワイシャツを肘までまくり上げ、眉間に皺を寄せながら段ボールを担ぐ。

「で、この中には何が入ってるんだ」

「来年度の新人研修で使う教材セットが」

「一年ぶりってことか」

用途を聞いて、いっそう面倒だなぁと思ったのだろう。眉間の皺がいっそう深く刻まれる。何しろ、椎名さんは後輩を優しく育て上げるというタイプではないから。

「ありがとうございます」

ペコリと頭を下げ、廊下を歩き始めた彼のあとについていく。

「……いろいろ大変だったらしいな。大丈夫なのか？」

おもむろに椎名さんが呟いたのは、柊一朗さんの会社のことだろう。

「……ドタバタしていますが、大丈夫です。三月いっぱいで現社長のお父様が引退して、四月からは柊一朗さんが新社長に就任する予定です」

セクハラ事件を起こした常務は任を解かれ、合わせて彼を擁護した執行役員たちもこぞって責任を取らされ辞職、あるいは降格させられた。

お父様の社長を退くタイミングがちょうど重なり、まるで不祥事の責任を取ったようなかたちになってしまい……。

「実際には、お父様は、事件にほとんど絡んでいなかったそうなのですが……」

「無関係ってわけにはいかないだろう。任命責任だってあるしな」

「でも、一部の関係者の間では、柊一朗さんが父親とその幹部を蹴落としたみたいな扱いになっているそうなんです。柊一朗さんは、決してそんなことがしたかったわけではないのに……」

「そういう体裁でも取らなきゃ、あいつ自身が社長に就任することなんてできなかったんだろう。親の代で問題を起こせば、子どもだって影響を受ける。それを避けるために、父親はわざと自分が悪者になって、批判を一身に受けたんだ。ベストなかたちで息子にバトンを渡せた。親としては本望だろう」

「それは、そうでしょうけれど……」

大団円にはならなかった。しかも、セクハラ事件に関して、訴える側についていた私は、まるでお父様を失脚させる手助けをしてしまったようで。

「私のせいで、こうなったのかもしれないと思うと」

「バーカ。誰もそんなこと思ってねーよ」

いつもであれば、ぼすん、と頭の上に手が降ってきそうなものだが、今日に限っては、両手に段ボールを抱えていたせいで、そんなことはなかった。

「悪いのはあんたじゃなくて、セクハラしたアホみたいなヤツと、それを庇った腹黒い役員たちだ。大体、あいつの家の人間も、誰もあんたに文句なんか言わないだろ？」

「それが、逆に心苦しくて。罪悪感を抱いてしまって」

「無事、あいつは社長に就任できるんだから、素直に喜んでやればいい。それとも、そんなに後ろめたいなら、やっぱり俺のところに来るか？」

驚いて見上げれば、雉名さんは本気ともつかない顔で私のことを見つめている。

「まだそんなこと言ってるんですか？　それより、雉名さんのほうこそ、どうなんです？　お見合いさせられちゃうんでしょう⁉」

「ん？　ああ……」

意外に良家のご子息だった雉名さんは、ご両親にお見合いの話を持ちかけられているらしい。だから私が『お見合い』って単語を口にした時、妙に興味津々だったんだ。

「見合いは断ってるよ。大体、俺が見合いしてる姿、想像つくか？」

「つきませんね」

「だろ」

全然褒められたことじゃないのに、なぜだか彼は誇らしげに頷く。

「でも、雉名さん、特に彼女がいるわけでもないんでしょう？」

「まぁな……。そういえば、俺の好みを探ってこいとか言ったのって、結局誰だったんだ？」

うっ、と私は思い出して呻く。さんざんオブラートに包んで尋ねたのに、あっさりとバレちゃったあの話かぁ、と憂鬱になった。

まぁ、興味を持ってくれたのなら、それはいいことなのかもしれないけれど。

オフィスのドアの前で雉名さんが足を止めたから、カードリーダーに入室カードをかざして、両手が塞がった彼の代わりにドアを開けてあげる。

「興味持ってくれましたか？」

「見合いよりは、な」

「可愛い子だったら、お付き合いを考えてくれます？」

「どこかの強情女より可愛かったら考える」

オフィスに足を踏み入れた瞬間、総務部のデスク座っていた上村さんが、ドアの音に気がついて顔を上げた。

私と雉名さんの姿を目にして、「あ」と小さく呟くと、目を逸らすみたいに下を向き、手元の書類をガン見した。

あれから上村さんは、度々雉名さんに話しかけては撃沈しているそう。すっかり傷心モードで、『私、嫌われているのかなぁ』と自信なく呟いていたのは今朝のこと。

私と雉名さんが一緒にいる姿を見ると嫉妬してしまうらしく、今もわずかに顔を赤くして涙目でうつむいている。

もちろん、私には婚約者がいると話したのだけれど、だからって冷静に割り切れるような問題じゃないらしい。

「ふーん……」

雉名さんは何かを感じ取ったのか、足を止めて、短く呟きを漏らした。

やがて何事もなかったかのように、総務部の脇に段ボールを下ろす。

「ありがとうございました」

彼はパンパンと腕についた埃を叩いて、私からスーツのジャケットとネクタイを受け取った。

埃まみれの段ボールに気がついた上村さんが、視線を落としてギョッとする。

「う、わ、すごい埃ですね」

「うわ、じゃねぇって」

「きゃっ」

雉名さんが、上村さんの額をピンと指で弾く。

上村さんに対してそんなことをするのは初めてで、された本人も、目撃した私も、驚いた顔で雉名さんを見上げた。

「あんた、新人なんだろ？ 先輩にやらせてんじゃねぇって。フツーは私がやりますって挙手するもんなんじゃねぇの？」

「へ⁉ そ、そっか、ごめんなさい……！ 立花さん、私、気が利かなくて！」

かわいそうなくらい頬を赤くして、私に向かって頭を下げる上村さん。

「あ、ううん、私がいつも勝手にやってたことだから……。雉名さん！ そんな言い方しないでください！ 頼まなかったのは私ですし、上村さんが悪いわけでは――」

慌ててフォローに回ろうとしたけれど、雉名さんの視線は上村さんのほうへ向いていた。

「次から荷物は、お前が取りに行け」

「は、はい！ わかりました！」

「必要なら、俺を呼べ」

「……え？」

雛名さんはおもむろに、上村さんの机の上にあった付箋《ふせん》とペンを拝借して、サラサラと何かを書き殴った。

「ほら。番号」

そう言って付箋を上村さんのおでこに貼りつける。

それは内線番号ではなく、携帯電話の番号。

付箋を手にした上村さんが、その文字を見て、ただでさえ睫毛が長く大きな瞳を、いっそう大きくして硬直した。

「先輩を労ってやれよ。そいつ、もうオバサンなんだから」

「なっ……失礼ですね‼」

オバサン呼ばわりされた私の非難を無視して、雛名さんはニッと不敵な笑みを浮かべてオフィスのドアを出ていく。

上村さんは慌てたように腰を浮かし、咄嗟に「雛名さん！」と呼び止めた。

雛名さんは足を止め、こちらに気だるい表情をちらりと見せる。

「あの……これ、仕事以外でも使っちゃダメですか……？」

電話番号の付箋をぷるぷると握りしめて、おっかなびっくり声をあげた上村さんを、雉名さんは無表情のまま一瞥して——。

「好きにしろよ」

それだけ答えて、オフィスを出ていく。

上村さんはよっぽど衝撃だったらしく、雉名さんの出ていったドアを眺め、呆然と立ち尽くしている。

「ええと……上村さん、よかったね……？」

私が恐る恐る声をかけると、急にキッとこちらを睨んだ。

「……立花さん！　雉名さんの携帯番号、知ってましたか⁉」

「え、知らないよ、内線番号しか」

「……やったぁ……」

嬉しさを噛み殺すみたいに、ふにゃふにゃになりながら付箋に頬擦りをする。

「……よかったね」

「はい！」

とろけそうな笑みを浮かべた上村さんに、斜め前の席に座っていた山本さんが、顔を上げぬまま、フッと小さく微笑んだのが見えた。

週末。私と柊一朗さんは、郊外にある大型家具を取り扱うセレクトショップに足を運んだ。

「コンセプトを教えてくれれば、デザイナーに発注するのに」

「ダメですよ、ちゃんと足を運んで選ばなきゃ。安くていいものを探す努力をしてください」

「値段は別に、どうでも――」

「すぐそういうことを言う。これもデートの一環だと思ってください」

「そういうことなら、かまわないけど」

四月から、私たちは結婚を前提として同棲を始めるつもりだ。

これを機に、今、柊一朗さんが暮らしているマンションのやたらハイセンスなリビングを、もう少しくつろげる空間に模様替えしようという話になった。

「黒とグレーに、無機質な金属素材の家具じゃ、心が休まりませんよ」

「生活できればいいかなと思って」

「謙虚なわりに、豪勢な部屋ですね」

「澪の好きにカスタマイズしてくれてかまわないよ。メタリックな素材が嫌ならウッド調にしてみる？　温かみを感じられるんじゃないかな」

「やっぱりそうですよねー」と、私はウッド調のデザイン家具の前で足を止める。

ただし、私は安物でもかまわないのだけれど、柊一朗さんに質の悪いものを使わせるわけにはいかない。それなりのお値段で、かつそれに見合った上質な品を見つけることが今日の私の使命である。

柊一朗さんに心休まる空間を……と思ったのだが、当の本人はインテリアに無頓着な様子。

「……本当に、なんでもいいんですか？」

うう～ん、模様替えデートじゃ楽しんでもらえないかなぁ？

「ピンクのレースや小花柄を敷きつめるとか言わなければ、なんでもかまわないよ」

「さすがにそれは言いませんけど……ハワイアンテイストくらいは言いだすかもしれませんよ？　大きなハイビスカスの葉っぱを置いてみようとか」

「澪が四六時中、南国のリゾートスタイルで俺をもてなしてくれるなら、それでもいいよ」

「アロハシャツですか？」

「ビキニだよ」

私はむぅっと頬を膨らます。

そんなことばかり言って、彼はあまり真剣に考える気がないみたい。本当に生活さえできればいいと思っているらしい。今の部屋だって、デザイナーさんに全部お任せしたって言ってたし。

寂しさを覚えつつ、ひとり真剣に家具を見ていると――ソファのコーナーに差しかかったところで、柊一朗さんは思いついたように「あ」と声をあげた。

「このソファ、置きたいな」

そう言って柊一朗さんが指差したのは、赤いファブリックソファだった。滑らかな曲線を描く背もたれに、広々とした座面。

私と柊一朗さんがゴロンと横たわっても、充分収まってしまう大きさだ。

「この上で澪とイチャつきたい」

「そんな用途で選ばないでください！」

「ふたりで寝転がれるサイズがいいなぁ」

「大きな部屋ですし、確かにサイズは大きいほうがいいと思うんですけど……。じゃあ、これにしましょうか」

途端に彼が目を輝かせる。

「……そういうことはしませんからね！」

先手を打つと、彼は不満そうに口を尖《とが》らせて拗《す》ねてしまった。

その表情の豊かさは私に影響されたのだろうか？ 昔はもう少しクールだった気がするけれど。

まぁ、どんなにいじけた表情をしても、整った顔では絵になってしまうのだから憎らしい。

結局、なんだかんだ言いながらも、柊一朗さんはあれがいいこれがいいと意見をくれて、存在感の強い赤のソファは、リビングの中央にアクセントとして置くことになった。

これをメインに、ウッド調の大型家具にファブリック素材の小物を加え、挿し色はレッドとアイボリーで統一。

「結婚して子どもが生まれたら、もう少し柔らかい色合いのソファを買おうね」なんて話しながら、今現在、大人ふたりが暮らしていくにはぴったりな、モダンな家具を揃えることができた。

柊一朗さんの家に戻ってきた私たちは、ふたり、キッチンに並んで夕食を作った。

彼は意外と料理もするようで、私が慣れないキッチンに四苦八苦している間に、チャチャッと手を動かしてくれる。

フライパンで茄子《なす》、パプリカをゴロゴロ炒めたあと、そのままトマトとハーブを入れて煮込み、その中に茹《ゆ》で上がったパスタを投入。

柊一朗さんがフライパンを振るう横で私は、レタスをざくざくちぎって、あらかじめ炒めておいたベーコンを載せてシーザーサラダを作った。

パスタとサラダ、それからチーズとワインを、ガラス製のダイニングテーブルに置いてから、向かい合って座る。

「いただきます」

揃って手を合わせ、まずは柊一朗さんが作ってくれたパスタをひと口。

その味の秀逸さに言葉を失う。彼にお任せして正解だった。文句なしに美味しい。

そのうえ、彼が選んでくれた白ワインはパスタと相性バッチリで、トマトの酸味と甘みを存分に引き立ててくれている。

「私、これからは柊一朗さんの手料理に餌づけされることになるんですね……」

「喜んでもらえて嬉しいよ」

満足げに微笑む彼とは反対に、私はすっかり焦ってしまった。

同棲が始まる前に、もう少し母にお料理を習っておいたほうがいいかもしれない。

このままでは、彼の胃袋をつかむ前に私がつかまれてしまう。

「同棲すると伝えて、ご両親には反対されなかった？」

「反対どころか大喜びしています。娘が玉の輿《こし》に乗ったって」

彼はフォークにクルクルとパスタを巻きつけながら「あはは」と笑う。

「本当は寂しいんじゃないかな？　突然、娘を嫁に出すことになって」

「姉夫婦が実家にいるので、そこまで寂しくはないと思いますよ」

私の言葉に、彼はここぞとばかりににんまりする。

「家具が揃う前に来てもらっても、かまわないよ」

「あと少し、実家を堪能させてもらうことにします。きっと両親と暮らすのも最後になるだろうし……」

しんみりした私を見て、柊一朗さんは、眉を下げた。

「寂しいのは澪のほうだったか」

「柊一朗さんは、実家を出た時、寂しくありませんでした？」

「全然。もともと両親ともにあまり家にいなかったからね。俺の行動に目を光らせている使用人たちから解放されて、せいせいした」

あまりにも清々しく言い放つ彼に、私のほうが寂しくなってしまった。

仕事であまりかまってやれなかったと、彼のお母様は言っていた。その分しっかり育ったと。

確かにその通りだけれど……本当に彼は、寂しさを感じていなかったのだろうか。食事を終えた私たちは、ワインとチーズを持ってソファへ移動した。横並びに座り、彼は甘えるように私の肩を引き寄せる。

「子どもの頃は、つらかったんじゃありませんか？　ご両親となかなか会えなくて」

上目遣いで覗き込んだ私に、彼はドライに言い放つ。

「そんなものだと諦めていたよ。自分がちょっと特殊だってことはわかっていたし、我慢しなければと……」

そう言ったところでワインをひと口飲んで、ぼんやりと外の夜景を見つめる。

「つまり、寂しかったのかな？」

「……なんだか、柊一朗さんがかわいそうになってきました」

自分が寂しかったことにすら気づかなかっただなんて。彼の幼少時代は、かなり過酷だったのかもしれない。

けれど彼はたいして気にした様子もなくふんわりと笑う。

「今は澪がいてくれるじゃないか」

私の頭に顎を乗せ、撫でるように髪を梳《す》いた。

「それに、澪のおかげで、最近よく家族と連絡を取るようになったんだ。母がうるさくてね。結婚式はどうするかとか、新居は建てないのかとか」

「もうそんな話を？」

「まだ先だって話したんだけれど、楽しみで仕方ないみたいだ。澪にもうるさくつきまとうかもしれないけれど、ごめん、許してあげて」

そう言って、部屋の隅にあるメタリックなラックを指差した。そこには、前回来た時にはなかったはずの、ファイルの山ができていて。

「あれ、なんです？」

「式場とウェディングドレスのカタログ。知り合いのデザイナーたちから大量に取り寄せたらしい」

「ええっ⁉」

「それだけ楽しみにしてるってことらしいよ」

気の早い話に、ポカンと口を開けると、彼は困ったように笑って私をなだめた。

「父も……すまないって言っていた。澪を会社のドタバタに巻き込んで」

お父様の話題になって、私はハッと顔を上げる。

「そんな……！　私のほうこそ、お父様になんて言ったらいいか。こんなことになってしまったのは、私のせいで——」

「澪」

まくし立てる私を、彼は冷静にたしなめると、そっと肩を撫でて落ち着かせた。

「澪のせいじゃない。俺が、やりたいことをやっただけだ」

「柊一朗さん……」

「誰も澪のことを責めてないよ。だから澪、もうそんな顔しないで」

人差し指でくいっと私の口角を押し上げ、無理やり笑顔にする。

「両親の前では、幸せな花嫁でいてやって。じゃないと、彼らが罪悪感を抱いてしまうよ」

首を傾げて「ね？」と言い聞かせる彼。私はコクリと頷いて、唇を噛みしめた。

「はい……」

私に求められていることは、嘆くことじゃないんだ。彼の隣で、笑顔であること。それで皆が幸せになれるっていうのなら、いくらでも笑ってみせる。それが彼を、家族を、そして自分自身を幸せな未来に導いてくれるのだと信じて。

柊一朗さんは、私の身体を抱きしめたまま、ゴロンとソファに横になった。アームレストを枕にして、私の顔を覗き込む。

「もしも俺たちの間に子どもができたら、なるべくそばにいてやることにするよ」

「お願いしますね。寂しい思いはさせないであげてください」

「澪がたくさん愛情を注いでくれそうだから、きっといい子に育つよ」

そう言いながら、キスしようと顔を近づけてくる。私はその顔の横に手をつき、待ったをかけた。

「でも、その前にまずは同居です。いざふたりで暮らしてみて、ものすごくつらかったら結婚どころじゃなくなっちゃいますよ？」

「それはないよ」

彼はクスッと笑って、垂れてきた私の髪を耳にかける。

「毎日こうしていられるんだろう？　これが幸せじゃなくて、なんだっていうんだ」

それを当然のことのように言う彼に、胸が疼いた。

今この瞬間、こうして顔を向き合わせていられることを、彼は幸せだと言ってくれている。

私も。彼の優しい瞳を見つめて、身体を触れ合わせていると、胸の奥が温かくなって心地のいい安らぎに包まれる。

「澪がそばにいてくれれば、あとはなんだっていいよ。ソファの色も、白だってピンクだって青だってかまわない。その上で笑っている澪がいれば」

今度こそ、私の後頭部に手を回し、そっと優しい口づけをくれる。大事に大事に慈しむように、唇を包み込んでくれる。

「私も」

きゅっと唇を押しつけたあと、彼の頬に頬を寄せた。

「柊一朗さんのそばがいいです」

私に絡まる腕の力が強くなる。全身を深く包まれて、『大丈夫、離さないよ』と言われたようだ。

「照れずに言えるようになったね」

「言わなくても、どうせ知ってるでしょう？」

「それでも、口に出してもらえると嬉しいものだよ」

とろけるような瞳の彼に、私もふにゃっと頬が緩む。素直に気持ちを口にすることで彼の笑顔が見られるのなら、好きなだけこの想いを言葉にしてしまえばいい。

「なら、いくらでも」

彼の両頬に手を添えて、優しくて頼もしいその表情を包み込んだ。

「柊一朗さんを、愛してます」

「俺も。澪を愛してる」

彼の手が私の首筋に触れ、私からの精いっぱいのキスを受け止めてくれる。

重なる口づけの合間に、お互いにクスッという笑みをこぼして、収まり切らないこの幸せをたっぷりと味わう。

「澪。俺と結婚して」

そう囁いた彼の、甘くあどけない笑顔につられて——。

「はい。私と、結婚してください」

思わず私も、満面の笑みで答えるのだった。

END

あとがき

伊月ジュイです。『お見合い求婚～次期社長の抑えきれない独占愛～』をお手に取っていただき、ありがとうございます。

今作でベリーズ文庫二作目となりました。再びご挨拶ができて光栄です。

ところで皆様、突然ですが、完璧なヒーローはお好きですか？

というのも、本作を書き始めた当初、自分の中で『皆様から愛される完璧なヒーローを書こう』というコンセプトがありました。

トキメキと夢を与えるベリーズ文庫ですから、ヒーローは最高にカッコよくハイスペックに——というような話を、以前、編集者様ともしたような気がします。

もちろん、著者も完璧ヒーロー、大好きです。

が、個人的には、弱点があったり、苦悩を背負っていたりするメンズも、それはそれで魅力的かなぁなんて思ってしまうタイプでして。

結局、本作のヒーロー・柊一朗ですが、甘えん坊だったり、嫉妬しぃだったり、葛藤していたり……完璧とはちょっと違う仕上がりになりました。チラ見えするウイークポイントも魅力と思っていただけるとありがたいです。

柊一朗のライバルである雉名も、煙草は吸うし、人付き合いは嫌いだし、マイペースだし愛想ないし。が、そのくせ優しい面もあったりして、中毒性の高い悪い男です。私としては、ノリノリで楽しく書かせていただきました（笑）。

そんなちょっとズレた（？）嗜好の著者ですが、これからも魅力的なヒーローを生み出せるよう模索していきたいと思います。完璧でカッコいいながらも、どこか隙のある、男前ヒーローで、皆様を恋に落とせたらいいなぁと思っております。

最後に、本作品に携わってくださった皆様に感謝を。

スターツ出版の皆様、編集に携わってくださった福島様、阪上様。

そして、素敵なカバーを描いてくださった、すがはら竜様。ふたりの魅力を存分に引き出してくださり、本当にありがとうございました。

何より、ここまで読んでくださった皆様に感謝申し上げます。

もしいつか、別の作品でお会いできる機会がありましたら『今度はこんなヒーローを書いているのかぁ』なんて思いながら読んでいただけると嬉しいです。

伊月《いづき》ジュイ

伊月ジュイ先生への
ファンレターのあて先

〒104-0031
東京都中央区京橋1-3-1
八重洲口大栄ビル7F
スターツ出版株式会社　書籍編集部　気付

伊月ジュイ先生

本書へのご意見をお聞かせください

お買い上げいただき、ありがとうございます。
今後の編集の参考にさせていただきますので、
アンケートにお答えいただければ幸いです。

下記URLまたはQRコードから
アンケートページへお入りください。
https://www.berrys-cafe.jp/static/etc/bb

ベリーズ文庫

お見合い求婚～次期社長の抑えきれない独占愛～

2019年10月10日　初版第1刷発行

著　者　伊月ジュイ
©Jui Izuki 2019

発行人　菊地修一

デザイン　カバー　菅野涼子（説話社）
フォーマット　hive & co.,ltd.

校　正　株式会社文字工房燦光

編　集　阪上智子　三好技知（ともに説話社）

発行所　スターツ出版株式会社
〒104-0031
東京都中央区京橋1-3-1　八重洲口大栄ビル7F
TEL　出版マーケティンググループ　03-6202-0386
（ご注文等に関するお問い合わせ）
URL　https://starts-pub.jp/

印刷所　大日本印刷株式会社

Printed in Japan

ISBN 978-4-8137-0769-1　C0193

ベリーズ文庫 2019年10月発売

『しあわせ食堂の異世界ご飯5』　ぷにちゃん・著

給食事業も始まり、ますます賑やかな『しあわせ食堂』。人を雇ったり、給食メニューを考えたりと平和な毎日が続いていた。そんなある日、アリアのもとにお城からパーティーの招待が。ドレスを着るため、ダイエットをして臨んだアリアだが、当日恋人であるリベルトの婚約者として発表されたのは別人で…!?

ISBN 978-4-8137-0772-1／定価：本体620円＋税

『追放された悪役令嬢ですが、モフモフ付き!?スローライフはじめました』　友《とも》野《の》紅《こう》子《こ》・著

OL愛莉は、大好きだった乙女ゲーム『桃色ワンダーランド』の中の悪役令嬢・アイリーンに転生する。シナリオ通り追放の憂き目にあうも、アイリーンは「ようやく自由を手に入れた!」と第二の人生を謳歌することを決意!　謎多きクラスメイト・カーゴの助けを借りながら、田舎町にカフェをオープンさせスローライフを満喫しようとするけれど…!?

ISBN 978-4-8137-0773-8／定価：本体640円＋税

ベリーズ文庫 2019年11月発売予定

Now Printing

『スパダリ上司とデロ甘同居してますが、この恋はニセモノなんです』 桃城猫緒《ももしろねこお》・著

広告会社でデザイナーとして働くぽっちゃり巨乳の梓希は、占い好きで騙されやすいタイプ。ある日、怪しい占い師から惚れ薬を購入するも、苦手な鬼主任・周防にうっかり飲ませてしまう。するとこれまで俺様だった彼が超過保護な溺甘上司に豹変してしまい…⁉

ISBN 978-4-8137-0784-4／予価600円＋税

Now Printing

『あなどれない御曹司』 惣領莉沙《そうりょうりさ》・著

恋愛経験ゼロの社長令嬢・彩実は、ある日ホテル御曹司の諒太とお見合いをさせられることに。あまりにも威圧的な彼の態度に縁談を断ろうと思う彩実だったが、強引に結婚が決まってしまう。どこまでも冷たく、彩実を遠ざけようとする彼だったけど、あることをきっかけに態度が豹変し、甘く激しく迫ってきて…。

ISBN 978-4-8137-0785-1／予価600円＋税

Now Printing

『早熟夫婦～本日、極甘社長の妻となりました～』 葉月《はづき》りゅう・著

母を亡くし天涯孤独になった杏華。途方に暮れていると、昔なじみのイケメン社長・尚秋に「結婚しないか。俺がそばにいてやる」と突然プロポーズされ、新婚生活が始まる。尚秋は優しい兄のような存在から、独占欲強めな旦那様に豹変！　「お前があまりに可愛いから」と家でも会社でもたっぷり溺愛されて…！

ISBN 978-4-8137-0786-8／予価600円＋税

Now Printing

『お見合い婚～スイートバトルライフ』 白石《しらいし》さよ・著

家業を救うためホテルで働く乃梨子。ある日親からの圧でお見合いをすることになるが、現れたのは苦手な上司・鷹取で⁉　男性経験ゼロの乃梨子は強がりで「結婚はビジネス」とクールに振舞うが、その言葉を逆手に取られてしまい、まさかの婚前同居がスタート⁉　予想外の溺愛に、乃梨子は身も心も絆されていき…。

ISBN 978-4-8137-0787-5／予価600円＋税

Now Printing

『叶わない恋をしている～隠れ御曹司の結婚事情』 砂原雑音《すなはらのいず》・著

カタブツOLの歩実は、上司に無理やり営業部のエース・郁人とお見合いさせられ"契約結婚"することに。ところが一緒に暮らしてみると、お互いに干渉しない生活が意外と快適！　会社では冷徹なのに、家でふとした拍子にみせる郁人の優しさに、歩実はドキドキが止まらなくなり…⁉

ISBN 978-4-8137-0788-2／予価600円＋税

タイトル、価格等は変更になることがございますのでご了承ください。